KB112765

내 손엔 칼
와룡봉추

임영기 新무협 판타지 소설
FANTASTIC ORIENTAL HEROES

와룡봉추 15

임영기 新무협 판타지 소설

초판 1쇄 찍은 날 § 2020년 2월 17일
초판 1쇄 펴낸 날 § 2020년 2월 24일

지은이 § 임영기
펴낸이 § 서경석

총괄팀장 § 노종아
편집책임 § 신나라

펴낸곳 § 도서출판 청어람
등록번호 § 제387-1999-000006호
등록일자 § 1999. 5. 31
어람번호 § 제2-2829호

주소 § 경기도 부천시 부일로 483번길 40 서경B/D 3F (우) 14640
전화 § 032-656-4452 팩스 § 032-656-4453
http://www.chungeoram.com
E-mail § chungeorambook@daum.net

ISBN 979-11-04-92140-7 04810
ISBN 979-11-04-91921-3 (세트)

15

와룡봉추

임영기 新무협 판타지 소설

FANTASTIC ORIENTAL HEROES

도서출판 청람

目次

第一章

세 제자

　배는 경항대운하를 벗어나 거미줄처럼 얽혀 있는 수많은 수로(水路) 중에 한 곳으로 들어섰다.

　이 지역의 거의 모든 크고 작은 호수와 강, 그리고 수로들은 경항대운하로 이어져 있다.

　그렇지만 수많은 수로들 중에 몇 개의 대수로(大水路)를 제외하곤 대부분 폭이 좁았다.

　지금 화운룡 일행이 탄 배가 미끄러지듯이 가고 있는 수로가 그랬다.

　사사사아아…….

폭 삼 장 정도의 좁고 구불구불한 수로에는 수초가 많이 자라고 있어서 배가 나아갈 때 앞머리가 수초를 스치는 소리가 평화롭게 들렸다.

수로의 양쪽은 드넓은 초원이거나 논인데 그 사이로 이보다 작은 수로들이 실핏줄처럼 갈라져 있다.

화운룡 일행이 탄 배는 지금 선봉의 부모가 살고 있는 고향 집으로 가는 중이다.

선봉의 고향 집이 어차피 경항대운하가 지나가는 길이라서 화운룡은 선봉의 부모를 만나보기로 했다.

사봉의 선봉을 낳은 부모가 과연 어떤 사람들인지, 그리고 십절무황 화운룡이 노인이었을 때의 꿈을 꾼 부친이 누군지 궁금했다.

이런 한적한 시골에는 화운룡 일행이 탄 크고 멋진 배가 들어온 적이 없었던 탓에 수로에서 낚시를 하는 사람들이나 논에서 일하는 농부들이 일손을 멈춘 채 목을 빼고 배를 구경하느라 여념이 없다.

화운룡과 선봉, 손설효는 이 층 누각의 탁자 둘레에 앉아서 차를 마시면서 끝없이 펼쳐진 들판의 경치를 구경했다.

수로의 끝은 아담한 호수로 이어져 있었다.

무릉도원이 있다면 바로 이런 곳이 아닐까 할 정도로 아름다운 경치가 펼쳐져 있는 호수 안으로 화운룡 일행이 탄 배가 미끄러져 들어갔다.

폭 오십여 장 정도의 아담한 호수 건너편에 조그만 선착장이 있으며, 두 척의 작은 배가 정박해 있는 곳에 화운룡 일행의 배가 멈추었다.

선착장의 야트막한 언덕 위에 한 폭의 그림처럼 아담한 장원이 자리를 잡고 있는데 그곳이 선봉의 집이다.

화운룡과 선봉, 손설효가 배에서 내리고 있을 때 장원에서 몇 사람이 나오더니 선착장 쪽으로 걸어 내려왔다.

이런 외진 곳에 낯선 배가 들어오고 있으므로 대체 누가 오는 것인지 보려는 것이리라.

화운룡 일행은 선착장의 긴 목교 위를 걸어가는데 선봉이 언덕에서 내려오는 사람들을 보며 말했다.

"부모님이에요."

화운룡은 두 사람이 앞서서 걸어오는 모습을 보고 가볍게 표정이 변했다.

그들이 선봉이 말한 부모 같은데 삼십 대 중후반의 젊은 남녀의 모습이다.

"앞선 두 사람이 네 부모냐?"

"네, 사부님."

화운룡은 선봉이 사십삼 세의 나이면서도 이십 대로 보이는 이유를 알았다.

그녀의 부모라면 아무리 젊다고 하더라도 최소한 육십 세 이상일 텐데 삼십 대로 보이니까 나이보다 젊은 것은 집안의 내력인 모양이다.

딸인 것을 알아보았는지 선봉의 부모가 달려오기 시작하는 것을 보고 화운룡이 미소를 지었다.

"가보아라."

선봉은 화운룡의 말이 떨어지기 무섭게 고삐 풀린 망아지처럼 부모를 향해 쏘아갔다.

그녀는 단지 한 걸음을 내디뎠을 뿐인데 바람처럼 쏘아가서 어느새 부모 앞에 이르렀다.

선봉이 무공을 펼치는 것을 처음 본 손설효는 깜짝 놀라 화운룡을 쳐다보았다.

"주군, 그녀의 공력이 얼마나 되는 거죠?"

손설효는 선봉이 방금 전개한 경공 하나만 보고서도 그녀의 공력이 자신을 능가한다고 생각했다.

"삼백 년쯤 될 게다."

"삼백 년……."

손설효는 화운룡에게 따지고 들었다.

"어떻게 그럴 수 있는 거죠? 저는 이백삼십 년이잖아요? 그녀가 저보다 공력이 높을 이유가 없잖아요?"

화운룡은 손설효의 어깨를 두드렸다.

"나는 너에게 해주었던 것들을 봉아에게도 똑같이 해주었을 뿐이다."

"그것들을 해주기 전에 그녀의 공력은 얼마였나요?"

"일 갑자였다."

일 갑자라면 손설효와 같다.

"그런데 어떻게……."

"각자의 체질에 따라서 공력의 증진이 다른 것이다. 봉아는 하늘이 내린 신체를 지녔다."

화운룡은 선봉이 전설의 사봉이라는 말을 하지 않았다. 비밀이라고 할 것은 없지만 애써 설명할 필요가 없었다.

'하늘이 내린 신체'라는 말에 손설효는 크게 놀라 뭐라고 반박할 말을 찾지 못했다.

그러다가 문득 어떤 생각이 들었다.

'그렇다면 그녀가 하늘이 내린 신체이기 때문에 주군께서 제자로 거둔 것인가?'

선봉은 사십삼 세에 사도철 같은 상성한 아들을 두었지만 부모를 만나게 되자 서로 얼싸안고 뺨을 비비면서 어린아이처럼 좋아했다.

화운룡과 손설효가 가까이 다가갈 때까지도 세 사람의 상봉 의식은 끝나지 않았다.

선봉의 부친이 화운룡을 발견하고는 움찔 놀라는 표정을 지으며 안고 있던 선봉에게서 떨어졌다. 그는 화운룡을 보는 순간 그가 누군지 한눈에 알아보았다.

선봉이 공손하게 화운룡을 소개했다.

"사부님이에요. 인사드리세요."

선봉의 부모는 크게 놀라더니 곧 나란히 서서 포권을 하며 화운룡에게 깊숙이 허리를 굽혔다.

"사부님을 뵈옵니다."

화운룡은 마주 포권했다.

"화운룡이오."

선봉의 부친 선유근은 놀라움을 감추지 못한 표정으로 화운룡을 쳐다보았다.

그는 조심스럽게 말했다.

"십절무황이십니까?"

화운룡은 미소를 지었다.

"어떻게 아시오?"

선유근은 믿어지지 않는다는 표정으로 말했다.

"사부님 얼굴이 제가 삼십여 년 전에 여러 차례 꿈에서 뵌 모습과 같습니다."

"꿈에서 본 모습은 백발노인이 아니었소?"

"사부님은 제가 꿈에서 본 백발노인과 쏙 닮았습니다."

"허허헛! 그렇긴 할 것이오."

화운룡은 선유근이 자신을 단번에 알아본 것이 신기하면서도 반가웠다.

인사를 마친 모친 금난화(錦蘭花)는 다시 선봉을 얼싸안고는 떨어질 줄 몰랐다.

선유근이 그 모습을 보고 미소 지으며 말했다.

"딸을 오랜만에 봐서 그렇습니다."

"얼마 만이오?"

"시집간 이후 처음입니다. 봉아가 십팔 세에 혼인을 했으니까 이십오 년 만입니다."

당시의 풍습이 딸이 혼인을 하게 되면 친정과 자연히 멀어진다고 하지만 이십오 년씩이나 서로 만나지 못했다는 것은 지나쳤다.

항주에서 이곳까지는 백여 리 거리로 그다지 멀지 않은데도 말이다.

선봉의 친정은 지방의 아주 작은 문파인데 문파명은 선무가(仙武家)라고 한다. 선씨의 무가라는 뜻이니까 무척이나 단순한 뜻이다.

화운룡은 처음에 선착장에서 선봉의 모친 금난화를 봤을 때 그녀의 골격과 관상을 이미 파악했으며 그녀가 사봉 중 한 명이라고 간파했다.

화운룡이 선봉의 친정에 들른 이유 중에 중요한 것은 혹시 그녀의 모친이 사봉의 한 명이 아닐까 하는 것이었는데 짐작이 맞은 것 같다.

왜냐하면 사룡과 사봉이 부모로부터 유전되는 것 같다는 생각이 들었기 때문이다.

화운룡은 선가에 들어가자마자 선봉과 그녀의 부모, 그렇게 넷이서만 탁자에 둘러앉았다.

"할 말이 있소."

"말씀하십시오."

선유근은 화운룡에게 매우 공손했다.

선봉과 모친 금난화는 나란히 앉아서 손을 꼭 잡고 있는데 누가 봐도 자매 같았다.

화운룡은 선봉과 금난화를 한 번 보고 나서 말했다.

"혹시 사봉사룡에 대한 전설을 알고 있소?"

선유근과 금난화는 금시초문이라는 표정을 지었다.

화운룡은 자신이 알고 있는 사룡사봉에 대한 전설 혹은 예언에 대해서 자세히 설명해 주었다.

선봉의 부모는 화운룡이 왜 그런 얘기를 해주는지 모르지만 재미있다는 표정으로 들었다.

화운룡은 선봉을 보며 조용히 밀겠다.

"봉아가 사봉 중에 선봉이오."

"아……."

"그렇습니까?"

금난화는 깜짝 놀라는 표정이고 선유근은 놀라면서도 그럴 줄 알았다는 표정을 지었다.

선봉이 배시시 웃으며 끼어들었다.

"그래서 사부님께서 저를 제자로 거두어주셨어요."

선유근은 벌떡 일어나서 화운룡에게 공손히 포권하면서 허리를 굽혔다.

"정말 고맙습니다."

선봉이 자랑스럽게 말했다.

"사부님께선 미래에서 오신 천하제일인 십절무황이에요. 그리고 현재의 신분은 비룡공자예요."

"아……."

선유근과 금난화는 크게 놀라서 눈을 커다랗게 뜨며 엉덩이가 의자에서 떨어졌다.

두 사람은 선봉이 한 밀을 추호도 의심하지 않고 액면 그대로 믿었다.

"그러십니까?"

비룡은월문의 문주 비룡공자는 너무나 유명해서 모르는 사람이 없다.

더구나 같은 강소성인 이곳에서 비룡공자를 모른다는 것은
말이 안 된다.

또한 십절무황에 대해서는 선유근이 여러 차례 꿈을 꾸었
으며 그것을 아내와 딸에게 누누이 얘기했기 때문에 잘 알고
있는 것이다.

선유근은 크게 감탄하며 고개를 끄떡였다.

"그러니까 사부님께선 과거로 오셔서 봉아를 제자로 거두시
려고 제 꿈에 현몽하셨던 것이었군요."

화운룡은 담담히 미소만 지었다.

"하나 확인할 것이 있소."

"무엇입니까?"

"선봉이 사봉이 된 것이 선천적인가 하는 것이오."

선유근이 의아한 표정을 지었다.

"봉아의 자질이 우리에게서 물려받은 걸지도 모른다는 말
씀이십니까?"

"그렇소."

금난화는 선봉의 손을 잡은 채 미소만 지을 뿐 아무 말도
하지 않았다.

화운룡은 금난화를 쳐다보았다.

"아까 모친을 처음 봤을 때 봉아와 비슷한 근골을 가진 것
같았소. 눈으로 보기에 그렇다는 것이지 확실한 것은 아니오."

선봉과 선유근이 놀란 얼굴로 금난화를 쳐다보았지만, 금난화는 담담한 얼굴이다.

화운룡은 진지하게 말했다.

"내가 모친을 직접 검사해 보고 싶소만,"

선유근은 흔쾌히 고개를 끄떡였다.

"그러십시오."

"온몸을 만져야 하오."

선봉이 해맑게 웃으며 말했다.

"사부님께서 저를 만져보시고 제가 사봉 중에 선봉이라고 말씀해 주셨어요."

선유근은 미소 지으며 선선이 허락했다.

"만져보십시오."

"괜찮겠소?"

선유근은 손을 내저었다.

"허허헛! 제 아내는 올해 나이 육십오 세 할망구입니다. 만약 사부님께서 나쁜 마음을 갖고 계신다면 그야말로 아내는 땡잡은 거지요."

확인한 결과 결론적으로 두 가지를 말하자면 금난화의 몸은 할망구가 아니라 젊은이처럼 탱탱했고, 또 그녀는 선봉과 똑같은 선봉의 근골을 지니고 있었다.

금난화와 선봉이 늙지 않은 이유는 선봉의 근골을 지니고 있기 때문일 것이다.

사봉하고는 상관이 없는 선유근이 늙지 않는 이유는 아무래도 금난화와 부부 생활을 오래했기 때문일 것이라고 해석할 수 있다.

부부라는 것은 서로 많은 것들을 주고받기 때문이다. 선유근이 늙지 않는 이유로 그것 말고는 달리 이해할 만한 이유가 없었다.

확인해 봤지만 금난화와 선유근은 육체만 젊은 것이 아니라 체내의 장기나 모든 것들이 삼십 대 수준이었다.

*   *   *

다음 날 화운룡은 선무가를 떠났다.

선봉이 십팔 세에 항주의 건청문으로 시집을 간 이후 이십오 년 동안 친정에 가보지 못했다는 사실을 안 화운룡은 그녀를 부모와 만나게 해주고 싶었다.

그리고 선봉의 부모가 누군지 궁금했으며 선봉의 능력이 선천적인 것인지 확인하고 싶기도 했다.

그동안 웃지 못할 일이 하나 있었다. 자신이 사봉 중에 선봉이라는 사실을 알게 된 금난화가 화운룡에게 세사도 서부

어달라고 부탁을 한 것이다.

금난화뿐만 아니라 선봉과 선유근까지도 금난화를 제자로 거두어달라고 애걸복걸 통사정하는 것을 거절하느라 화운룡은 진땀을 뺐다.

그렇지만 결국 화운룡은 끝내 거절하지 못하고 금난화를 제자로 거둘 수밖에 없었다.

그러나 그녀를 데리고 떠나지는 않았다. 그 대신 금난화와 선유근에게 선봉하고 똑같이 생사현관 타통과 신공체질 변환, 벌모세수, 탈태환골을 시켜주었다.

그리고 금난화를 품에 안고 심지공으로 심심상인을 전개하여 비룡십절검공결을 전수해 주었다.

그러고는 금난화에게 그것을 연마하면서 선유근에게 가르쳐 주라고 얘기해 두었다.

그랬더니 나중에는 선유근까지 화운룡의 제자가 되었다면서 그에게 제자로서의 예를 깍듯하게 취했다.

그렇게 해서 화운룡은 선봉을 필두로 금난화와 선유근까지, 일가족 모두를 제자로 거두는 진기록을 세우게 되었다.

화운룡 일행이 탄 배는 강소성 진강현(鎭江縣)에 도착했다.

장강 하류에 위치한 진강현은 강소성 남쪽 지방에서 남경에 이어 두 번째로 크고 번성한 현이다.

항주에서 북쪽으로 줄곧 이어진 경항대운하는 진강현 장강에 이르러서 잠시 끊어진다.

북상하던 배들은 이곳 장강에서 제각기 갈 곳으로 흩어지는데 계속 북상할 배들은 장강 건너에 이어지는 경항대운하로 진입하면 된다.

장강을 건너 경항대운하를 타고 이십여 리만 북상하면 고향이 있는 태주현이지만 화운룡의 배는 진강에서 장강 상류 서쪽으로 방향을 잡았다.

경항대운하에서 장강으로 빠져나오는 곳에서도 천외신계의 검문이 있었지만 항주지계주 오루혼의 신패는 이곳에서도 진가를 발휘했다.

푸드득!

화운룡의 배에서 전서구가 힘차게 날아올라 남경이 있는 서쪽으로 날아갔다.

항주를 출발할 때 만화루의 전서구 몇 마리를 갖고 탔는데 그걸 날려 보냈다.

전서구는 남경 춘예대로의 해운상단 큰누나 화문영에게 곧잘 날아갈 것이다.

이곳에서 남경은 멀지 않고 또 배들이 워낙 많은 탓에 전서구 한 마리쯤 날아오른 깃은 눈에 잘 띄시 않을 섯 같아서 화문영에게 소식을 전한 것이다.

누각의 난간가에 서 있는 화운룡은 전서구가 시야에서 사라질 때까지 지켜보다가 자리에 앉았다.

그의 시력으로는 전서구가 십 리까지 날아가는 것을 볼 수 있는데 그때까지도 전서구는 무사했다.

화문영이 구림육파와 화북대련하고 연결이 됐는지 조금이라도 빨리 알고 싶어서 전서구를 띄웠다.

만약 그들하고 연결이 되지 않았거나 이후 그들이 옥봉을 찾아내지 못하게 될 경우에 화운룡은 선봉이 제안한 백호뇌가를 발동할 생각이다.

백호뇌가의 홍예, 건곤쌍쾌 수란과 도범은 비운의 그날에 화운룡과 같이 있다가 변을 당했을 테니 그로서는 백호뇌가 주인 소진청과 염교교 내외에게도 큰 빚을 지운 셈이다.

그들이 사신천가의 하나인 백호뇌가의 가주로서 화운룡의 수하이지만 그 이전에 홍예의 부모이기에 딸을 잃은 슬픔은 어디에 비하지 못할 터이다.

화운룡은 탁자에 같이 앉아 있는 선봉, 손실효를 물끄러미 바라보았다.

손설효는 운영검문 손의강 부부의 딸이고 선봉은 선유근과 금난화의 딸이다.

즉, 이 두 여자도 누군가의 귀한 자식인 것이다. 또한 선봉은 사도철의 모친이기도 하다.

그러므로 이 여자들이 화운룡과 같이 있다가 죽는 일이 생긴다면 그녀들의 부모와 형제, 자식은 하늘이 무너지는 슬픔을 맛보게 될 터이다.

화운룡이 자신들을 물끄러미 바라보면서 아무 말도 하지 않자 눈치 빠른 손설효와 선봉은 이상한 분위기를 감지하고 방어 자세를 취했다.

"무슨 말씀 하시려는지 다 알아요. 그만하세요."

"우린 절대로 사부님 곁을 떠나지 않을 거예요. 우린 생사를 함께할 거예요."

손설효는 평소에 선봉에게서 거리감을 느꼈지만 이럴 때는 강한 연대감을 느꼈다.

화운룡은 씁쓸한 표정을 지었다.

"너희들은 내가 왜 이렇게 괴로워하는지 알면서도 그렇게 고집을 피우는 것이냐? 너희들이 내 곁에 없으면 나는 마음이 편할 것이다."

손설효와 선봉은 더욱 강력한 동맹을 과시했다.

"고집이 아니에요. 저는 무황십이신의 한 명으로서 주군을 호위할 책임이 있어요."

"나는 십절무황이 아니고 천하를 책임지는 천하제일인도 아니잖느냐?"

"한번 주군과 수하의 관계가 되면 죽을 때까지, 그리고 기억이 사라질 때까지 끊어지지 않아요."

손설효의 뒤를 이어 선봉이 종알거렸다.

"제가 사부님의 제자가 된 것은 사부님께 저의 모든 것을 맡겼다는 의미예요. 만약 저희들이 위험에 빠져 있다면, 그리고 저희들이 도움의 손길을 간절히 원하고 있다면 사부님께선 저희를 외면하실 건가요?"

"음!"

"거봐요. 사부님도 그러지 못하시잖아요. 아무리 세상인심이 각박하게 번운복우(飜雲覆雨)한다지만 저희들은 절대로 그러지 않아요."

화운룡은 얘기도 꺼내지 못하고 입을 다물어야 했다. 조금 더 말했다가는 하루 종일 잔소리를 들어야 할 것 같았다.

선봉이 방금 전의 연대감으로 조금 더 가까워진 손설효에게 물었다.

"소저, 남경까진 얼마나 더 가야 하죠?"

"백이십 리 거리니까 이틀 반나절은 가야 해요."

손설효가 손가락 하나를 세웠다.

"참, 그리고 나를 소저라고 부르지 말아요."

"그럼 뭐라고 부르죠?"

손설효는 화운룡을 힐끗 보고 나서 대답했다.

"그냥 효보보라고 부르세요."

애칭 효보보라고 부르라는 것은 선봉을 가족처럼 여기겠다는 뜻이고 선봉도 그걸 알고 있다.

선봉은 배시시 웃었다.

"효 귀염둥이라고 말이죠? 알았어요. 그럼 효보보는 날 언니라고 부르세요."

"네, 언니. 그리고 저한테 말 놓으세요."

"그럴게, 효보보."

두 여자는 까르르 즐거운 웃음을 터뜨렸다.

이 순간 그녀들은 자기 둘만 힘을 합치면 화운룡 한 사람쯤 쪄 먹는 건 일도 아니라고 생각했다.

화운룡은 이래서 섣불리 인연을 맺는 것이 아닌데 어쩌다 보니까 또 이렇게 돼버려서 씁쓸한 기분을 떨쳐 버리지 못했다.

남경까지는 이틀 반나절이나 남았다. 화운룡과 손설효, 선봉이 육상으로 경공을 전개해서 간다면 반나절이면 닿을 수 있는 거리다.

그렇지만 서둘러서 빨리 간다고 해도 지금 상황이 달라질 것은 없다.

화운룡이 행동을 개시하는 것은 옥봉을 비롯한 가족, 최측근들의 생사나 행방을 알고 나서이기 때문에 지금 그가 할 일은 그저 기다리는 것뿐이다.

화운룡이 배 안에서 할 수 있는 일은 손설효와 선봉에게 비룡육절을 가르치는 것이다.

그는 이미 심지공과 심심상인을 통해서 두 여자에게 비룡육절을 전수했지만, 그녀들이 비룡육절을 완벽하게 터득하려면 곁에서 지켜보며 부단히 채찍질을 하면서 조목조목 가르쳐야만 한다.

그저 전체적인 구결만 전수한 후에 너희들이 알아서 연마하라고 맡겨두는 것과 한 동작 한 동작 일일이 봐주는 것하고는 큰 차이가 있다.

화운룡은 항주를 출발하여 이곳까지 오는 동안 이른 새벽에 일어나서 밤이 이슥하도록 두 여자에게 집중적으로 비룡육절을 가르쳤다.

보통 그렇게 하고 나서 술시(밤 8시경)에 늦은 저녁 식사를 하는데, 이때 꼭 술을 곁들이게 된다.

사실 화운룡은 아침 식사 때와 점심 식사 때도 빠짐없이 술을 마신다.

원래 술을 즐기기도 하지만 옥봉 등을 잃은 이후부터는 입에 술을 달고 살다시피 한다.

그러다 보니까 식사를 한다기보다는 술을 마시기 위해서 식사 시간이 존재하는 것 같을 정도다.

그리고 하루 세끼 중에서 결정판이 저녁 식사 때다. 하루 일과가 끝나고 나서 호젓하게 저녁 식사를 할 때면 자연스럽게 옥봉과 가족들, 최측근들이 생각나기 때문에 술을 마시지 않을 수가 없다.

그리고 술을 마실수록, 취할수록 화운룡은 점점 말수가 적어지고 자신만의 세계로 깊이 침잠한다.

손설효와 선봉은 화운룡이 왜 그러는지 잘 알고 있으며 또 자신들이 그에게 전혀 위로가 되지 못하기 때문에, 그런 모습을 보면서 그저 가슴만 갈가리 찢어질 뿐이다.

오늘 밤도 여느 때와 다를 바 없이 화운룡은 밥이나 요리에는 거의 손도 대지 않고 술만 연거푸 마시고 있다.

이럴 때 두 여자는 자신들이 너무 무능력한 것 같아서 그저 참담하기만 하다.

꽉 막힌 구석이 있는 손설효하고는 달리 순박하고 명랑하며 화운룡을 어려운 존재라고 여기지 않는 선봉이지만 이럴 때는 그녀도 어쩔 방도가 없어서 입을 꾹 다물고 그를 안타깝게 바라만 볼 뿐이다.

오늘 밤에 화운룡은 평소보다 술을 훨씬 많이 마신 탓에 고주망태가 됐다.

그는 그 상태에서 옥봉의 꿈을 꾸었다. 수백 마리의 사나운

늑대들에게 둘러싸인 옥봉이 머리를 산발한 채 옷이 갈가리 찢어지고 온몸 여기저기에서 피를 흘리며 살려달라고 애처롭게 울부짖는 꿈이었다.

꿈속에서 화운룡은 옥봉을 구해주고 싶은데 그 자신은 어디에 있는지 보이지도 않고, 옥봉이 늑대들에게 잡아먹히는 광경을 보고만 있어야 하는 것이 너무나도 안타까워서 끝내 울음이 터지고 말았다.

"봉애… 흐으으… 봉애… 내가 구해줄게……."

깨어 있을 때와 잠잘 때를 막론하고 운 적이 없는 그는 낮게 흐느껴 울면서 허우적거렸다.

선봉은 너무도 안타까운 표정으로 화운룡의 머리를 부드럽게 쓰다듬었다.

저녁 식사 때의 술자리에서 폭주를 한 화운룡이 너무 취한 탓에 선봉이 부축하여 선실까지 와서 눕히고 돌아서려는데, 그가 잠결에 갑자기 허우적거리면서 흐느껴 우는 바람에 가지 못하고 돌아섰다.

지금 선봉은 침상에 누워서 그를 품에 안고 머리를 쓰다듬으면서 달래고 있다.

그녀의 위로가 효과를 보이는지 화운룡의 흐느낌이 점차 잦아들었다.

그녀는 측은한 표정으로 화운룡을 바라보았다. 그의 눈에서 흐른 눈물이 그녀의 가슴을 아프게 했다.

이 순간의 그녀는 자신의 아들인 사도철과 같은 또래인 화운룡이 아들처럼 여겨졌다.

아들 사도철이 이처럼 자면서 꿈을 꾸며 슬퍼한다면 그녀는 가슴이 미어질 것이다.

그녀는 화운룡이 곤히 잠들 때까지 쉬지 않고 머리를 쓰다듬으며 위로했다.

'사모님은 반드시 살아계실 거예요. 그래서 우리가 힘을 합쳐서 꼭 그분을 구해낼 거예요.'

화운룡이 남경에 도착하기 전에 큰누나 화문영의 전서구가 먼저 배에 도착했다.

전서구 서찰의 내용은 구림육파와 개방하고 연결이 되었으니까 화운룡이 그들과 직접 만나라는 것이다.

화북대련은 찾기는 했으나 아직 작은 규모라서 연결하지는 못했다고 한다.

구림육파나 개방을 비롯한 천하에서는 비룡공자 화운룡이 일 년여 전에 죽은 줄 알고 있는데 화문영이 함부로 그들과 접촉하여 화운룡의 건재함을 알릴 수는 없으니, 그에게 직접 접촉하라고 전했다.

그래서 화운룡은 남경을 칠십여 리 남겨놓은 장강 강상에서 배를 돌려 다시 진강현으로 향했다.

그리고 태주현의 막화에게 전서구를 띄워서 대기하고 있다
가 합류하라고 지시했다.

화운룡 일행의 배는 장강의 진강현 조금 못 미친 곳에 위
치한 십이우(十二圩)라는 작은 포구에서 배를 최대한 상선으로
보이기 위한 위장을 했다.

그리고 팔 물건으로 보이게 하기 위해서 그 지역의 특산품
인 술을 잔뜩 샀다.

화운룡이 매일 많은 양의 술을 마시기 때문에 어차피 구입
해야 할 걸 미리 쟁여놓은 것이다.

그리고 나서야 진강현 건너편 조주를 통해서 다시 경항대
운하로 들어섰다.

화운룡의 배는 조주포구에서 잠시 정박하여 막화와 비검문
수하 두 명을 태웠다.

막화가 옛 비룡은월문 천지당 내, 외당의 생존자들을 모아
서 태주현에 세운 문파가 비검문이며 그 이름은 얼마 전에 화
운룡이 지어주었다.

화운룡이 전서구에서 지시한 대로 막화와 수하들은 장사
꾼 복장을 했으며 각기 술 상자 하나씩을 양쪽 어깨에 메고
배에 올라왔다.

상자를 내린 막화 등은 화운룡이 있는 선실로 와서 나란히 무릎을 꿇고 예를 갖추었다.

"주군."

"일어나라."

막화와 수하들은 일어나서도 화운룡 양쪽에 서 있는 손설효와 선봉에게는 눈길조차 주지 않고 공손한 자세를 취하며 품속에서 하나의 패를 꺼냈다.

"이것은 천외신계 남경지계가 발행한 수상신패(水商信牌)입니다. 북경까지는 이것으로 괜찮다고 합니다."

수상신패라는 것은 천외신계가 각 지역의 장사꾼들에게 배부하는 신패로써 중원 전역의 수계(水系)를 다닐 때 사용할 수 있다.

그러나 바다에 나가게 되면 해상신패(海商信牌)를 다시 교부받아야만 한다.

막화는 화문영으로부터 수상신패를 받았다. 이 순간부터 이 배는 화문영 소속의 해운상단이 되었다.

화운룡은 손설효와 선봉을 소개했다.

"손설효와 선봉이다."

그는 두 여자에 대해서 설명했다.

"설효는 내게 가족이나 다름이 없고 봉아는 내 제자다."

손설효는 화운룡이 자신을 '가족이나 다름이 없다'라고 소

32 와룡봉추

개하자 크게 감동했다.

막화와 두 명은 공손히 허리를 굽혔다.

"막화입니다."

화운룡이 막화를 소개했다.

"막화는 오래전부터 내 친구였다."

"주군……."

막화는 크게 놀랐다. 예전 화운룡이 태주현의 사고뭉치 시절에 막화가 그를 두어 차례 도와준 적이 있었지만 솔직히 친구는 아니었다.

그 당시에는 못난 화운룡을 친구로 삼으려면 많은 용기가 필요할 정도였다.

화운룡이 그렇게 말한 이유는 그 당시부터 막화를 친구로 생각했기 때문이다.

그것 때문에 막화는 감격해서 몸 둘 바를 몰랐다.

막화가 화운룡의 수하인 줄 알았던 손설효와 선봉은 표정이 크게 변해서 막화에게 환하게 미소 지으며, 앞으로 잘 지내자고 앞다투어 친절한 미소를 지었다.

第二章

하북팽가 사람들

　보름 후, 화운룡 일행의 배는 경항대운하의 북쪽 종착지인 하북성 천진현(天津縣)을 삼십여 리 남겨둔 정해진(靜海津)이라는 곳에서 정박했다.

　화문영이 알려준 바에 의하면 구림육파의 본거지는 하북성 북서부에 위치한 심택현(深澤縣)이라는 곳에 있다고 했다.

　구림육파의 본거지는 극비지만 자신들에게 어마어마한 액수의 자금을 대고 있는 해룡상단의 총단주 화문영에게까지 극비는 아니다.

　화운룡 일행은 정해진에서 밤을 맞이하여 선실에서 다 함께 늦은 저녁 식사를 하며 늘 하던 대로 술을 마셨다.

화운룡은 술잔을 어루만지면서 몹시 심각한 표정을 지으며 생각에 잠겼다.

오늘만큼은 그는 술을 마시면서 옥봉이나 가족 생각을 하지 않고 다른 생각을 하고 있는 중이다.

화운룡은 항주를 출발하여 여기까지 오는 동안 많은 것들을 보고 들었는데 그 모든 것들의 한복판을 관통하는 매우 중요한 결론 하나가 있었다.

천하가, 아니, 세상이 예전에 비해서 너무도 평화롭게 보였다는 사실이다.

천외신계가 중원 무림과 대명을 통째로 장악하여 지배하고 있는데 평화롭다니 이것은 모순이다.

그가 여기까지 오면서 본 많은 사람들이 활기에 넘치고 얼굴에는 웃음이 가득했다.

그 첫 번째 이유로 친다면 여기까지 오는 동안 단 한 번의 싸움도 보지 못했다는 사실이다.

물론 포구에서 장사치들이나 일반 백성들끼리 말싸움을 하거나 주먹다짐을 하는 일은 간혹 있었지만, 무림인들이 무기를 휘두르며 서로 죽이고 죽는 진짜 싸움은 한 번도 보지 못했다.

예전 같았으면 항주에서 여기까지 오는 동안 무림인들의

싸움을 최소한 열 번 이상은 목격했을 터였다.

예전의 중원에서는 무림인들의 싸움이 벌어지기만 하면 그 피해는 고스란히 일반 백성들에게 돌아갔었다.

무림인들은 거리에서건 주루나 기루 등 때와 장소를 가리지 않고 싸움을 벌였다.

그리고 싸움이 벌어질 때마다 시체와 부상자들이 발생하고 주변은 난장판이 되게 마련이지만 무림인들이 피해를 보상해 주는 경우는 극히 드물었다.

그런 무림인들의 싸움은 크고 작은 현이나 마을에서 매일 수차례에서 수십 차례씩, 중원 전체로 치면 하루에 수천 건의 싸움이 벌어졌었다.

그러나 지금은 그런 싸움들이 깡그리 종적을 감추었다. 이유는 오직 하나다. 천외신계가 쟁투금지령(爭鬪禁止令)을 내렸기 때문이다.

무림인이 쟁투금지령을 어기고 싸움을 하다가 발각되는 날이면 누구를 막론하고 무조건 뇌옥에 갇히고 엄중한 결과가 뒤따른다.

거액의 벌금을 물어야 하는 것은 물론이고 싸움을 한 당사자들은 천외신계의 법에 따라서 짧게는 수개월에서 길게는 평생토록 뇌옥에서 썩어야 하는 경우도 허다하다.

더 심할 경우 즉, 살인을 저질렀으며 죄질이 나쁠 때에는 극

형에 처하게 된다.

쟁투금지령이 떨어지자 중원 도처에서 무림인들의 반발이 극심했지만 어느 누구도 중원과 대명제국을 동시에 한 손에 틀어쥔 천외신계를 거역하지 못했다.

쟁투금지령이 발령되고 일 년 몇 개월이 지난 지금에 이르러서는 중원에서 싸움하는 광경을 눈을 씻고 둘러봐도 찾아볼 수가 없게 되었다.

그뿐만이 아니다. 나라의 주인은 바뀌었지만 아직 국호(國號)를 발표하지 않아서 대명이라는 국명을 사용하고 있는 천외신계는 지금까지 대명이 백성들에게서 거두어들이던 과중한 각종 세금들을 과감하게 절반 이하로 줄였다.

그뿐만이 아니라 백만여 명에 달하던 군사의 수를 삼분지 일 이하로 대폭 삭감했으며, 칠십만 명에 달하는 군사들에게 두둑한 포상금을 주어 모두 고향으로 돌려보냈다.

일단 굵직한 것만 이 두 가지를 꼽았을 뿐이지만 천외신계는 천하만민을 위해서 좋은 일들을 정말 많이 베풀었다.

결론적으로 말하면 중원의 절대다수를 차지하는 백성들은 살 만한 세상이 왔다면서 환호성을 터뜨리고 춤을 추면서 기뻐 날뛰었다.

무림인들이나 의식이 깨어 있는 사람들 정도만이 천외신계에 대해서 알고 있을 뿐이시 백성들은 나라가 어떻게 돌아가는지 모르고 있으며 신경도 쓰지 않았다.

백성들에게는 나라 이름이 대명이든 당나라든 송나라든 무슨 상관이 있겠는가.

그저 전쟁이 없는 나라에 살면서 남자들을 군역(軍役)이나 부역으로 끌고 가지 않으며 세금 적게 거두면 그게 최고인 것이다.

"막화, 솔직하게 말해라."

저녁 식사 자리에 끼게 된 막화가 황송해서 고개를 들지 못하고 있는데 화운룡이 그의 잔에 술을 따르면서 말하자 정신이 번쩍 들었다.

"하문하십시오!"

"앉아서 편하게 먹고 마시면서 들어라."

막화가 벌떡 일어나서 부동자세로 외치자 화운룡이 부드럽게 말했다.

손설효와 선봉, 막화 모두 화운룡이 무슨 말을 할 것인지 잔뜩 긴장한 표정으로 귀를 기울였다.

"백성들 생활이 예전에 비해서 어떠냐?"

막화는 예상하지 못했던 물음에 움찔 몸을 떨었고 손설효와 선봉은 화운룡이 무슨 말을 하려는 것인지 짐작하고 쓴웃음을 지었다.

화운룡은 막화가 긴장할 것 같아서 부드러운 표정을 지

었다.

"네가 천외신계 치하에서 일 년여 동안 보고 느낀 점을 솔직하게 말해봐라."

막화는 고개를 숙이고 맞잡은 두 손을 만지작거리면서 잠시 갈등하는 표정이더니 잠시 후에 고개를 들고 굳은 표정으로 입을 열었다.

"백성들에 대해서 하문하신다면… 백성들의 생활은 예전보다 훨씬 윤택해졌다고 말씀드릴 수 있습니다."

그렇게 말하고 눈치를 보자 화운룡이 물었다.

"그것뿐이냐?"

"과거에 비해서 거의 모든 일에 질서가 잡혔으며 더 이상 전쟁이나 싸움이 일어나지 않아서 평화로우며 백성들은 행복하게 살고 있습니다."

말문이 터진 막화는 거침없이 말했다.

"무림은 희비가 갈립니다. 그렇지만 무림에도 기뻐하는 사람들이 절대적으로 많습니다."

"무슨 뜻이냐?"

화운룡은 왜 그런 것인지 짐작했지만 확실한 이유를 듣고 싶어서 물었다.

"무림에서는 지난 일 년여 동안 많은 일들이 일어났지만 지금은 천외신계가 완전히 무림을 장악했습니다. 그래서 무림인들이 천외신계의 이목을 벗어나서는 절대로 싸움을 벌이지 못합니다."

"그런가?"

"무림에는 강자보다는 약자가 절대적으로 많지 않습니까? 약자들이 철저하게 천외신계의 보호를 받고 있으니까 살맛 나는 세상이라는 겁니다."

사실 그래서는 무림이라는 의미가 없다. 사람이 무술이나 무공을 배워서 무림에 진출하는 가장 큰 이유는 강자가 되기 위해서다.

끝없는 무공 연마와 강자들과의 거듭되는 싸움을 통해서 경험을 쌓아 점점 더 강해지는 방식이 지금까지 수천 년 동안 무림이 걸어온 길이거늘, 그것을 원천적으로 봉쇄해서는 무림은 더 이상 발전하지 못하게 된다.

화운룡은 천외신계의 목적이 무엇인지 알게 되었다. 그들은 무림이라는 자체를 소멸시키려는 의도다.

천외신계가 중원천하를 지배하는 데 있어서 가장 큰 걸림돌이거나 반역을 꾀하게 될 무리가 있다면 그것은 틀림없이 무림일 것이다.

무림이 사라져 버리면 천외신계는 이 땅을 지배하면서 새로운 제도를 베풀어서 전혀 새로운 제국을 건설할 터이다.

화운룡은 고개를 저었다. 그러면 어떤가. 만백성이 평화롭고 행복하면 그만 아니겠는가.

"무림에서는……."

"됐다. 그만해라."

점점 목소리가 커져서 열변을 토하는 막화를 화운룡이 손을 들어서 제지했다.

"죄송합니다."

오랫동안 무림의 언저리에서 약자로 살아왔던 막화로서는 현재의 천외신계 치하가 외려 반가울지도 모른다.

화운룡은 흐릿한 파공음을 감지하고 잠에서 깼다.

"……!"

그런데 그는 자신이 누군가의 품에 안겨서 자고 있다는 사실을 깨달았다.

그는 그 사람 특유의 향기만으로 자신이 선봉에게 안겨서 자고 있었다는 사실을 알게 되었다.

뭔가 또 느껴졌다. 선봉이 그의 머리를 쓰다듬으면서 작은 목소리로 중얼거리고 있었다.

"슬퍼하지 마세요, 사부님. 이제 그만 울어요. 사모님께선 무사하실 거예요. 우리가 꼭 사모님을 구해 드려요. 자… 편안하게 주무세요."

그 순간 화운룡은 몇 가지 사실을 깨달았다. 자신이 만취하면 옥봉이 늑대들이나 마귀들에게 짓밟히는 꿈을 꼭 꾸었으며 그때마다 울었는데, 옥봉의 일은 꿈이었으나 자신이 울었던 것은 꿈이 아닌 현실이었던 것이다.

그리고 그때마다 선봉이 이렇게 자신을 품에 안고 머리를 쓰다듬으면서 위로를 했던 것이다.

만취한 다음 날 이른 새벽에 일어나면 그는 혼자 침상에서 자고 있었다.

그렇다면 선봉은 그가 울 때마다 이렇게 품에 안고 달래다가 새벽이 되기 전에 자신의 선실로 돌아갔다는 뜻이다.

지금 그는 선봉의 품에 얼굴을 묻고 있다. 푹신한 품에 파묻혀 있는 느낌이 매우 편안했다.

더구나 선봉이 머리를 쓰다듬으면서 위로를 하니까 마치 어머니 품에 안겨 있는 느낌이다.

그런 생각을 하니까 그는 선봉이 사도철의 모친이며 자신에 비해서 나이가 거의 두 배 많다는 사실을 깨달았다.

그녀에게 무공을 가르칠 때나 평상시에 그는 선봉이 아주 어린 소녀 같다는 느낌을 받았다.

그것은 아마도 그 자신이 평상시에는 십절무황인 것처럼 여기고 행동하기 때문일 것이다.

그러고 보니까 그는 두 인생을 살고 있다. 늙은 십절무황과 젊은 화운룡의 인생이다.

그때 그는 몇 명이 배에 오르는 기척을 감지하고 더 이상 이러고 있을 수 없음을 깨달았다.

선봉의 몸이 움찔하는 것으로 미루어 그녀도 배에 낯선 자들이 오른 사실을 감지한 모양이다.

화운룡은 그녀가 놀라지 않도록 전음을 보냈다.

[봉아, 가만히 있어라.]

선봉은 깜짝 놀랐다.

[침입자 때문에 깨셨군요?]

[오냐.]

선봉은 미소 지으며 그의 머리를 쓰다듬었다.

[어린아이 같으신 분이 오냐라고 하니까 이상해요.]

화운룡은 옆 선실에서 손설효가 침상에서 내려오는 기척을 감지하고 전음을 보냈다.

[효보보야, 가만히 있어라.]

손설효의 움직임이 뚝 그쳤다.

배에 오른 자는 모두 다섯 명이었다. 그들은 선실 뒤편으로 돌아가서 움직이지 않고 가만히 있었다.

화운룡이 오랜 경험으로 봤을 때 그들 다섯 명은 누군가에게 쫓기고 있으며, 그래서 잠시 이 배에 피신한 것 같았다.

그들이 선실의 오른쪽 즉, 포구 쪽이 아닌 강 쪽으로 돌아가서 호흡까지 멈추고 있기 때문이다.

이 층에는 선실이 세 개 있으며 화운룡과 선봉, 손설효가 사용하고 일 층에 막화와 비검문 수하들, 숙수, 하녀들이 있으며, 갑판 아래 선실에 선원들이 있다.

선실은 다 안에서 문을 잠근 상태이기 때문에 침입자들이 선실 안으로 들어가려면 잠긴 문고리를 열거나 문을 부숴야 할 것이다.

그때 화운룡은 포구에 파공음과 함께 여러 명이 나타나는 기척을 감지했다.

추격자들일 것이다. 그들은 삼십여 명 정도이며 일사불란하게 포구에 흩어졌다.

선봉이 물었다.

[어쩌실 거예요?]

[내버려 둬라.]

화운룡은 선봉이 습관처럼 아직도 자신의 머리를 쓰다듬자 가볍게 꾸짖었다.

[머리 그만 쓰다듬어라.]

선봉의 손이 뚝 멈추었다.

그러나 그는 자신이 아직도 그녀의 가슴에 뺨을 묻고 있다는 사실을 자각하지 못했다.

갑작스러운 침입자와 추격자들 때문에 움직여서는 안 된다는 생각이 반사적으로 들어서 꼼짝도 하지 않는 것인데, 그것은 오랜 무림생활이 몸에 뱄기 때문이다.

그래도 선봉은 그 점을 지적하지 않고 그의 머리를 쓰다듬던 손을 멈추고 지그시 그의 머리를 안았다.

화운룡은 사파의 실전된 옛 수법인 척탁음술을 전개하여 선실 뒤편에 숨어 있는 자들의 전음을 감청했다.

이런 상황에서라면 그들은 분명히 분주하게 전음을 주고받을 것이다.

[이러다가 발각되겠어요. 강물에 들어갈까요?]

[그래야겠어요. 놈들이 이쪽으로 오고 있어요.]

초조한 남녀의 목소리가 연이어서 들렸다.

화운룡은 그 목소리를 어디선가 들었던 것 같았지만 기억이 나지 않았다.

일람첩기(一覽輒記)의 그가 기억나지 않는다면 기껏 한두 번 들은 목소리였을 것이다.

[안 된다. 움직이지 마라.]

[그럼 어떻게 해요…….]

[놈들이 이 배로 오고 있어요, 아버지.]

여기까지 들었을 때 화운룡은 퍼뜩 한 사람이 떠올랐다.

'팽일강!'

하북팽가주 청천도 팽일강의 목소리가 분명하다.

일 년여 전에 화운룡이 북경까지 갔다가 태주현으로 돌아올 때 균천보와 하북팽가가 수천 명의 추격대를 구성하여 맹추격을 했었다.

그 당시 화운룡은 그들을 전멸시켰으며 균천보주 균천신창 전호척은 죽였으나 팽일강은 뉘우치는 기색이 역력하여 살려준 적이 있었다.

그런데 바로 그 팽일강이 기가 막히게도 화운룡의 배에 숨어든 것이다.

그에게 아버지라고 부르는 남녀는 필경 자식들인 팽현중과 팽소희일 것이다.

나머지 두 명이 누구인지는 모르겠으나 지금까지의 과정을 봤을 때 이들은 천외신계에게 쫓기고 있는 것 같았다.

슥……

화운룡은 몸을 일으켰다. 그제야 그는 자신이 여태까지 선봉의 가슴에 얼굴을 묻고 있었다는 사실을 깨달았다.

그가 쳐다보자 선봉은 배시시 미소를 짓는데 따스한 어머니의 미소다.

그는 침상에서 내려와 기척을 내지 않고 신실 문을 열고 밖으로 나가면서, 얼굴을 요즘 자주 변신하는 조금 용맹한 얼굴로 바꾸었다.

*　　　　*　　　　*

선실 문은 강 쪽으로 나 있어서 포구의 천외신계 고수들에게는 보이지 않을 것이다.

화운룡이 추호도 기척을 내지 않고서 선실 문을 열고 난간 가까지 갔기 때문에, 그 아래에 옹기종기 모여서 손에 도를 쥐고 앉아 있는 다섯 명은 머리 위에서 그가 굽어보고 있다는 사실을 까맣게 모르고 있다.

과연 화운룡이 짐작했던 대로 그들 중에 세 명은 팽일강과 팽현중, 팽소희였다.

그리고 나머지 두 명도 화운룡이 아는 얼굴이었다. 그들은 전걸과 전송인데 균천보주 전호척의 아들딸이다.

예전에 천외신계와 균천보 등 수천 고수들이 북경성을 겹겹이 포위하여 화운룡 등이 갇혔을 때, 부친과 뜻을 달리하는 전호척의 자식들이 화운룡과 비룡검수들을 북경성에서 탈출시켜 준 적이 있었다.

그 당시에 그들은 천외신계에 저항하는 화북대련이라는 조직을 결성했다고 말했었다.

그런데 이런 곳에서 천외신계에 쫓기고 있는 전걸과 전송을 만나다니 정말 뜻밖이다.

균천보주 전호척의 장남은 전학이고 차남이 전충, 삼남은 전걸, 막내 여동생이 전송이다.

더구나 전걸과 전송이 팽일강 등과 함께 쫓기고 있다는 사실이 더욱 뜻밖이다.

화운룡은 팽일강 등 다섯 명이 놀라지 않게 하려고 미리 조용한 목소리로 전음을 보내는 것과 동시에 그들 주위에 투명 막을 펼쳤다.

[지금부터 당신들을 도울 테니까 놀라지 마시오.]

다섯 명은 화들짝 놀라서 급히 주위를 둘러보았다.

"앗!"

"누구냐?"

경험이 부족한 팽현중과 팽소희가 비명처럼 소리를 질렀지만 화운룡이 펼친 무형막 때문에 고함 소리는 밖으로 새 나가지 않았다.

팽일강이 위를 쳐다보다가 아래를 굽어보고 있는 화운룡을 발견하고 움찔하며 경계 태세를 취했다.

[선실 문을 열어놓을 테니까 안으로 들어오시오.]

팽일강이 놀라서 누구냐고 물으려는데 화운룡이 그런 전음을 남기고 선실 안으로 들어가 버렸다.

이런 상황에서는 거기에 서서 구구절절 설명하는 것보다는 할 말만 하고 사라지는 것이 최선이다. 어떻게 할 것인지 결정하는 것은 그들의 몫이다.

화운룡이 선실 문을 열어놓고 선실 안으로 들어왔는데도

팽일강 등은 이 층으로 올라오지 않고 있다.

팽일강으로서는 갑작스러운 상황을 어떻게 이해하고 자식들에게 뭐라고 설명을 해야 할지 캄캄할 것이다.

그때 포구의 천외신계 고수들이 뭐라고 외치면서 배를 수색하기 시작했다.

이곳 조주포구에는 현재 삼십여 척의 배가 정박하고 있는데, 많지 않은 배들이지만 자정이 넘은 시각에 사람들을 깨워서 일일이 수색하는 것은 쉬운 일이 아니다.

그런데도 불구하고 삼십여 척의 배들을 모두 일일이 수색한다는 것은 팽일강 등을 반드시 찾아내겠다는 뜻이다.

화운룡은 다시 선실 밖으로 나가서 등 뒤로 문을 닫았다. 배를 수색한다면 팽일강 등을 선실 안으로 들어오게 해서는 별 소용이 없다.

그는 다짜고짜 난간을 넘어 아래층으로 쑥 내려서면서 다시 무형막을 펼쳤다.

화운룡이 느닷없이 자신들 옆에 불쑥 나타나자 팽일강을 제외한 네 명이 크게 놀라서, 앞뒤 잴 것 없이 일제히 화운룡에게 도를 휘둘렀다.

"앗!"

"죽여라!"

팽일강이 조금 전에 이 층 난간가에서 아래를 굽어본 화운룡을 알아보고 급히 그들을 만류했다.

"멈춰라!"

한순간 모두들 아연실색한 표정으로 동작을 멈추었다. 조금 전에도 소리를 냈지만 지금은 거의 악을 쓰듯이 소리를 질렀기 때문이다.

화운룡이 조용히 말했다.

"내가 무형막을 펼쳤으니까 소리가 밖으로 새 나가지 않을 것이오."

느닷없이 나타난 화운룡에다가 '무형막'이라는 말에 다들 넋이 나간 표정을 지었다.

[지금부터 아무 말 하지 마시오.]

화운룡은 말과 함께 무형막을 거두는 것과 동시에 두 손을 뻗어 자연스럽게 팽일강과 팽현중의 팔을 잡아갔다.

"……!"

팽일강과 팽현중이 움찔 놀라서 반사적으로 피하려고 했지만 화운룡의 손을 피할 수는 없는 일이다.

슥…….

화운룡이 팽일강과 팽현중의 팔을 잡자마자 두 사람이 팔을 빼려고 했으나 요지부동이다.

화운룡은 개의치 않고 팽소희와 전결, 전송에게 지시했다.

[너희들은 내가 잡은 사람을 꼭 붙잡아라.]

세 사람은 무슨 뜻인지 몰라서 어리둥절한 표정으로 서 있기만 할 뿐이다.

[두 사람을 붙잡으면 내가 너희들을 안전한 장소로 이동시켜주겠다.]

멀뚱하게 서 있는 세 사람만이 아니라 화운룡에게 팔을 붙잡힌 팽일강과 팽현중마저도 얼굴 가득 놀라면서도 어이없는 표정을 지었다.

화운룡의 말인즉 다섯 명을 한꺼번에 데리고서 경공을 전개하여 다른 곳으로 가겠다는 뜻이니, 어이없을 정도가 아니라 '이거 미친놈 아냐?' 하는 표정이 다섯 명의 얼굴에 역력하게 떠올랐다.

그때 배 위로 천외신계 고수들이 올라오는 기척이 나자 다섯 명이 흠칫했다.

화운룡이 강하게 명령했다.

[어서 붙잡아라!]

전걸, 전송은 급히 팽일강을 붙잡는데 팽소희는 놀라서 허둥대고만 있다.

화운룡이 굳은 얼굴로 경고했다.

[잡지 않으면 두고 가겠다.]

그러자 팽소희가 놀라서 팽현중을 급히 붙잡았고 그와 동시에 화운룡이 수직으로 솟구쳤다.

스으……

추호의 기척도 없이, 그리고 쏘아낸 화살보다 몇 배나 빠른 속도로 밤하늘로 치솟았다.

이런 상황에서 다섯 명이 웬만큼 놀랐으면 비명이라도 질렀을 것이다.

그런데 워낙 혼비백산하다 보니까 비명 소리조차도 지르지 못할 정도였다.

더구나 팽소희는 화운룡이 두고 가겠다는 말과 동시에 팽현중을 붙잡았는데, 그 순간 화운룡이 솟구치자 하마터면 배에 혼자 남을 뻔했다는 사실 때문에 심장을 배에 떨어뜨리고 온 것처럼 놀랐다.

팽일강 등이 급히 아래를 내려다보자 포구에 배들이 정박해 있는 광경이 손톱보다 작게 보였다.

그들은 자신들이 이렇게 빠른 속도로 솟구치고 있다는 사실이 믿어지지 않았다.

그들의 자력으로는 죽을 때까지 이런 속도를 내지도, 이렇게 높은 곳까지 올라와 보지도 못할 터이다.

화운룡은 지상에서 무려 이십여 장까지 솟구친 후에 방향을 운하의 북쪽 방향으로 잡아 날아갔다.

사아아……

팽일강 등은 인간의 몸으로 이렇게 높이 솟구치는 것도 그렇지만, 어떻게 땅을 한 번도 딛지 않은 상태에서 하늘을 일직선으로 날아갈 수 있는 것인지 혼절할 정도로 놀라서 눈을 휘둥그렇게 떴다.

화운룡은 팽일강과 팽현중을 양손에 붙잡은 채 우뚝 선 자세로 표표히 날아갔다.

얼핏 보면 느릿하게 날아가는 것 같은데 실상은 빠른 준마보다 서너 배 빠른 속도다.

팽일강 등 다섯 명은 자신들이 꿈을 꾸고 있는 것만 같았다. 이런 일은 현실에서는 절대로 일어날 수가 없다.

스으…….

화운룡은 포구에서 오 리쯤 떨어진 운하 옆 관도에 깃털처럼 가볍게 내려섰다.

그는 배에서 솟구친 이후 이곳까지 줄곧 밤하늘을 초상승경공술인 어풍비행으로 날아서 왔다.

그때까지도 팽일강 등은 정신을 차리지 못하고 있었다.

화운룡은 잡고 있던 팽일강과 팽현중의 팔을 놓자마자 밤하늘로 솟구쳤다.

스으…….

"앗!"

"기다리시오!"

네 명이 소스라치게 놀라고 있을 때 팽일강이 급히 외쳤으나 화운룡의 모습은 순식간에 밤하늘에 묻혀 버려 더 이상 보이지 않았다.

"아……."

캄캄한 밤하늘을 바라보는 다섯 사람 중 누군가의 입에서 경탄인지 탄식인지 모를 소리가 새어 나왔다.

팽소희가 꿈결처럼 중얼거렸다.

"방금 그 사람 신선이었나요……?"

얼이 빠진 얼굴의 팽현중이 누구에게랄 것 없이 물었다.

"조금 전에 우리 하늘을 훨훨 날아온 것 맞지?"

전걸이 고개를 끄떡였다.

"그것도 오 리 이상 날아온 것 같아. 도대체 이게 꿈인지 현실인지……."

팽일강이 진득한 신음을 토했다.

"음! 그토록 젊은 청년이 초절, 아니, 초극(超極)의 경지에 이르다니 우리가 직접 겪고서도 믿을 수가 없군……."

전송은 밤하늘을 바라보며 눈을 깜빡거렸다.

"어쩌면 저는 그 사람이 누군지 알 것 같아요."

네 사람의 시선이 일제히 전송에게 쏠렸다.

"그가 누구냐?"

"송 매, 그가 누구지?"

그러나 전송은 곧 고개를 가로저었다.

"아니에요. 제가 잘못 생각했어요. 다시 생각해 보니까 절대로 그분일 리가 없어요."

팽소희가 답답한 듯 전송의 팔을 잡고 흔들었다.

"송아, 너는 대체 그가 누구라고 생각하는 거야?"

전송은 밤하늘을 바라보며 쓸쓸한 얼굴로 중얼거렸다.

"비룡공자."

"말도 안 돼."

비룡공자가 죽었다는 소문이 천하에 파다하게 퍼진 지 일 년하고도 몇 달이나 지났다.

그런데 이제 와서 그가 다섯 사람을 사지에서 구해주었다는 말에 팽소희뿐만 아니라 다른 세 사람도 대꾸할 가치가 없다고 생각했다.

그러나 전송은 조금 전 신선 같은 초극고수에게서 비룡공자의 느낌을 강하게 받았다.

그에게서 예전에 맡은 적이 있었던 비룡공자 특유의 체향을 맡았던 것이다.

체향이라는 것은 얼굴 모습이나 목소리처럼 사람마다 제각각 달라서 전송이 착각을 했을 가능성이 적었다. 그렇지만 비룡공자가 살아 있을 리 없다.

'하지만 그분은 오래전에 돌아가셨어……'

전송의 가슴속에서 축축한 비가 내렸다.

이른 아침에 화운룡 일행이 탄 배는 조구포구를 출발하여 경항대운하를 북상했다.

그런데 천진현을 십여 리쯤 남겨둔 지점에서 누각에 앉아 있던 화운룡은 팽일강 일행을 또다시 발견했다.

운하 오른쪽 관도상에서 싸움이 벌어지고 있는데 그들 중에 팽일강을 비롯한 다섯 명이 있었다.

그들은 백여 명의 천외신계 고수들에게 포위된 상태에서 치열하게 싸우고 있는 중이었다.

그런데 천외신계 고수는 불과 열 명이 그들을 상대하고 있으며 나머지 구십여 명은 몇 겹의 포위망을 구성한 채 지켜보고만 있었다.

백여 명의 천외신계 고수들은 대부분 녹의 경장을 입은 녹보들이고 열 명 정도가 녹보보다 한 단계 위인 백의 경장을 입은 백성족 백보들이다.

하지만 백보들은 싸움에 가담하지 않고 포위망 바깥에서 팔짱을 끼고 지켜보기만 했다.

팽일강이 네 명의 녹보를 상대로 싸우고 팽현중과 팽소희, 전걸, 전송이 여섯 명의 녹보와 어울려서 싸우고 있는데 팽일강 등이 현격하게 열세에 처해 있다.

어쨌거나 팽일강 등은 저기에서 절대로 빠져나가지 못한다.

그것은 누가 보더라도 자명한 사실이다.

어젯밤에 화운룡이 기껏 구해주었는데 이곳에서 또다시 절체절명의 위기에 처해 있다니 팽일강 등이 운이 없는 것인지 조심성이 없는 것인지 화운룡으로선 입맛이 썼다.

그렇다고 팽일강 등을 저대로 내버려 둘 수는 없는 일이다. 내버려 두면 일각 안에 몰살당하고 말 것이다.

팽일강이 천외신계에 쫓기고 있다면 천외신계에 비협조적이든가 아니면 그들에 저항하는 쪽을 선택했기 때문일 것이다.

아니, 그런 것은 어쨌든 상관이 없다. 화운룡이 그들을 구해준다면 그런 것 때문이 아니라 순전히 그들이 아는 사람이라는 단순한 이유 때문이다.

누각에서 같이 차를 마시고 있던 선봉이 팽일강 등을 보면서 혀를 찼다.

[쯧쯧쯧… 저 사람들, 또 위험에 빠졌군요.]

손설효는 팽일강 등의 얼굴을 모르지만 선봉의 전음을 듣고서야 그들이 어젯밤에 화운룡이 구해준 사람들이라는 사실을 깨달았다.

[주군, 구해줄까요?]

[그런 다음에는 어쩔 셈이냐?]

[……]

[너도 저들과 함께 도망 다닐 셈이냐?]

화운룡의 지적에 손설효는 아무 말도 하지 못했다.

"악!"

그때 뾰족한 비명 소리와 함께 전송이 비틀거렸다. 옆구리에서 피가 퍽! 하고 뿜어지는 것이 보였다. 저렇게 많은 피가 뿜어지는 것을 보면 중상이다.

그렇지만 비틀거리는 그녀를 팽일강 등은 도와줄 형편이 되지 못했다. 다들 자신의 코가 석 자나 빠져 있는 상황이기 때문이다.

"아악!"

그때 녹보 한 명이 뒤에서 칼을 휘둘러 전송의 엉덩이 부위를 가로로 베었다.

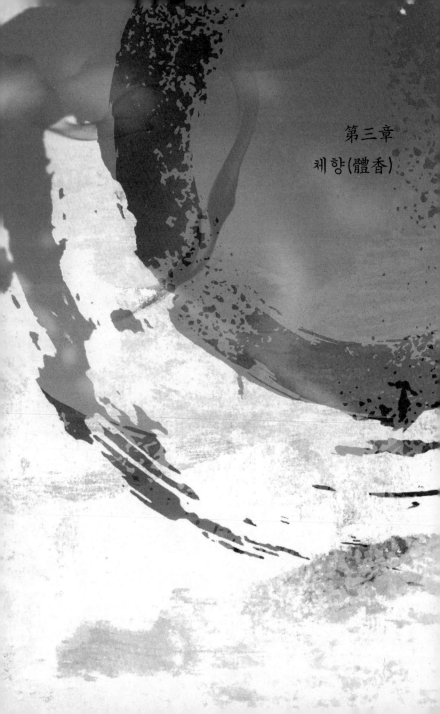

第三章

체향(體香)

전송이 그대로 풀썩 주저앉을 때 더 이상 지켜볼 수가 없었던 화운룡이 마침내 손을 썼다.

아니, 그는 가만히 있는데 그가 쥐고 있는 찻잔의 찻물이 한 덩이가 되어 찻잔 위로 둥실 떠올랐다.

그가 탄 배에서 운하 옆 관도의 싸우는 곳까지의 기리는 불과 오 장 남짓이다.

슈웃!

반쯤 남은 녹색의 찻물 한 덩이가 싸우는 곳을 향해 빛처럼 쏘아갔다.

아침 햇살을 받아서 찻물이 반짝거렸다.

선봉, 손설효는 눈을 크게 뜨고 앞으로 무슨 일이 일어날 것인지 지켜보았다. 화운룡이 전개하는 이런 신기는 자주 볼 수 있는 것이 아니다.

전송이 주저앉은 직후 팽일강 등은 갑자기 전세가 크게 기울어 전송을 중심으로 한가운데에 몰리면서 사력을 다해 무기를 휘두르며 버텼다.

차차차차창!

한 덩이로 쏘아가던 찻물은 갑자기 십여 개로 갈라지는가 싶더니 또다시 삼십여 개로, 그리고 그다음에는 무수한 작은 알갱이로 화했다.

일말의 기척이나 음향도 없이 백수십여 개의 찻물 알갱이들이 싸움터로 엄습했지만 천외신계 고수들은 어느 누구도 그 것을 감지하지 못했다.

백수십여 개의 알갱이들은 마치 제 집을 찾아가듯이 부챗 살처럼 넓게 쫙 흩어지면서 정확하게 천외신계 고수들 머리로 쏘아갔다.

파파파아아아…….

"흐윽……."

"끅……."

"커허!"

답답한 신음 소리가 한꺼번에 터졌다. 그리고 천외신계 고수들이 모조리 거꾸러졌다.

아니, 녹보 한 명이 서 있었다. 원숭이도 나무에서 떨어진다고 화운룡이 한 명을 놓쳤다.

그가 가볍게 손가락을 퉁기자 어리둥절한 얼굴로 서 있던 나머지 한 명의 녹보 머리에 구멍이 뚫렸다.

픽!

그의 몸이 기울면서 허공으로 한 자가량 떠오르다가 맥없이 나뒹굴었다.

팽일강을 비롯한 네 명은 거친 숨을 몰아쉬면서 경악한 표정으로 주위를 둘러보았다.

그들이 아무리 생각해 봐도 자신들을 공격하거나 포위하고 있던 백여 명의 천외신계 고수들이 갑자기 한꺼번에 쓰러질 이유가 없다.

이런 경우에 생각나는 단 한 가지는 하늘이 천벌을 내렸을 것이라는 추측이다.

팽일강이 하늘을 올려다보았지만 구름 한 점 없이 파란 하늘에 해가 쨍쨍 내리쬐고 있다.

"송아!"

그때 전걸이 비명처럼 부르짖으며 쓰러져 있는 전송에게 달려가 그녀를 안았다.

그때 주위를 두리번거리던 팽일강은 운하의 많은 배들 중에서 막 그들을 지나쳐서 북쪽으로 가고 있는 어떤 배의 누각에 앉은 세 사람을 발견했다.

그때는 화운룡이 다른 곳을 보고 있었지만 팽일강은 그를 한눈에 알아보았다.

'비룡공자!'

다시 눈을 비비고 쳐다보았지만 화운룡이 틀림없다. 이때의 화운룡은 본래 모습이다.

'아아… 그가 살아 있었다……!'

요즘 모든 상황이 절망적이기만 했던 팽일강의 가슴속에서 눈부신 희망의 불꽃이 활활 타올랐다.

그는 화운룡이 손을 써서 자신들을 구했을 것이라고 직감했다. 화운룡 아니고는 이런 일을 할 인물이 없다.

한꺼번에 백여 명의 천외신계를 전멸시킬 수 있는 사람은 화운룡뿐이다.

그리고 어젯밤에 자신들을 안고 위험에서 벗어나게 해준 인물 역시 화운룡이었을 것이라고 짐작했다.

어젯밤의 신선 같은 사람과 지금 화운룡의 얼굴 모습이 다르지만 화운룡 정도라면 얼굴을 바꾸는 것은 손바닥을 뒤집는 것만큼 쉬운 일일 것이다.

그러나 언제까지나 이곳에 우두커니 서 있을 수는 없다. 화운룡이 위험에서 구해주었으니 빨리 도망쳐야 한다.

팽일강이 재빨리 관도 양쪽을 쳐다보면서 확인해 보니까 구경꾼들이 먼발치에 모여 서 있을 뿐 천외신계 고수는 한 명도 보이지 않았다.

그는 전걸이 전송을 안고 있는 것을 보고는 급히 그녀를 자신이 안고 관도 북쪽을 향해 내달렸다.

"가자!"

아까 싸우던 곳에서 관도 북쪽으로 오 리쯤 달린 팽일강은 야산이 가로막힌 탓에 관도와 운하가 멀어지는 지점에서, 야산 뒤편 우거진 숲을 헤치고 운하로 내려갔다.

마침 관도에 행인이 없어서 그들이 내려가는 것을 아무도 보지 못했다.

"아버지, 왜 이곳으로 내려가는 건가요?"

"입 다물고 따라와라."

이곳까지 쉬지 않고 달려온 탓에 몹시 지친 팽소희가 헐떡거리면서 묻자 팽일강이 꾸짖었다.

야산 뒤편은 매우 가파르고 깊어서 삼십여 장이나 내려와서야 운하에 닿았다.

"이곳에서 잠시 쉬자."

이 부근은 온통 잡목이 우거져서 운하를 지나는 배에서 전혀 보이지 않았다.

팽일강 자신이나 팽현중, 팽소희, 전걸 모두 몸 여기저기에
상처를 입었으나 전송이 가장 심했다.

팽일강이 살펴보니 전송은 혼절했는데 안색이 창백하고 입
술이 파랬다.

전걸이 급한 대로 옆구리와 엉덩이의 상처를 지혈했지만 상
처가 너무 깊고 길어서 뜻대로 되지 않아 자꾸 피가 흘러서
피투성이가 됐다.

더구나 갈라진 옆구리에서 내장이 쏟아져 나오려는 것을
전걸이 손으로 틀어막고 있다.

"조금만 참아라."

팽일강은 어떻게 해서든지 화운룡을 만나기만 하면 이런
난국이 다 해결될 것이라고 믿었다.

그에게 있어서 화운룡은 단 하나의 희망이고 기적을 베풀
어 줄 천인(天人)이다.

전걸이 전송 때문에 피투성이가 된 모습으로 절망 어린 표
정을 지었다.

"여기에서 언제까지 숨어 있어야 하는 겁니까? 당장 의원에
가지 않으면 송아가 죽습니다."

팽일강은 잡목 숲 사이로 운하를 쳐다보았다.

"숨어 있는 것이 아니고 기다리는 것이다."

모두들 팽일강이 쳐다보고 있는 방향을 쳐다보면서 의아한 표정을 지었다.

"누굴 기다립니까?"

"비룡공자."

"……."

팽일강의 목소리는 확신에 찼다.

"어제 송아가 한 말을 기억하느냐? 송아가 잘못 본 것이 아니었다. 어젯밤에 우릴 구해준 사람도 아까 관도에서 우릴 구해준 사람도 비룡공자였다."

"그… 게 가능합니까?"

지금 상황에서는 어젯밤에도 아까도 자신들을 구해준 인물이 비룡공자여야 이치에 맞는다.

하지만 비룡공자는 일 년 몇 개월 전에 죽었다. 천하에서 그가 죽었다는 사실을 모르는 사람이 없다. 하지만 그가 살아 있다는 사실을 아는 사람은 아무도 없다.

"아까 내가 똑똑히 봤다. 우리를 공격하던 천외신계 고수 백여 명을 순식간에 죽인 사람이 바로 그였다."

세 사람은 경악했다.

"아버지가 잘못 보신 거 아니에요? 비룡공자는 일 년 전에 죽었잖아요?"

팽현중의 말에 전걸이 말했다.

"송아가 그의 체향을 맡았다고 말했습니다."

전송은 자신이 화운룡의 체향을 맡았다는 사실을 오빠인 전걸에게게만 살짝 말해주었다.

모두 자신을 쳐다보자 전걸은 어젯밤에 있었던 일을 상기시켜 주었다.

"신비인이 우리를 데리고 밤하늘을 날아갈 때 송아는 그에게서 비룡공자 특유의 체향을 맡았답니다."

어젯밤에 전송은 자신들을 구해준 사람이 비룡공자일 것이라고 말했다가 모두의 반박을 받았었다.

팽일강이 못을 박았다.

"내 눈으로 분명히 봤다. 그는 비룡공자였다."

팽현중과 팽소희, 전걸의 얼굴 가득 경이로움이 떠올랐다.

"맙소사… 그가 살아 있다니……."

잡목 숲 사이로 운하를 뚫어지게 주시하고 있던 팽일강의 눈이 한순간 빛났다.

"왔다."

그의 목소리는 기쁨과 희망에 가득 찼다.

운하를 오가는 많은 배들 속에서 아까 팽일강이 봤던 배가 섞여서 오고 있는 것이 눈에 띄었다.

"저 배예요?"

"그래. 해운상단이라는 깃발을 단 저 배다."

팽소희가 손을 뻗어 가리키자 팽일강이 고개를 끄떡였다. 팽일강의 입가에 미소가 번졌다.

그러나 배에는 선원 두어 명만 보일 뿐, 비룡공자라고 생각할 수 있는 사람이 없다.

"그는 어디에 있죠?"

"우리가 몸을 날려서 저 배에 타야 하는 건가요?"

팽소희와 팽현중이 동시에 물었다.

"그래야 할 것 같다."

팽일강이 배에서 시선을 떼지 않은 채 말하자 전결이 초조하게 물었다.

"비룡공자가 숙부님을 보았습니까?"

"본 것 같지는 않다."

그때 여러 척의 배들 속에 섞여 있던 해운상단의 배가 자연스럽게 행렬에서 빠져나오더니 뚝 떨어져서 야산 아래로 다가오기 시작했다.

"온디. 비룡공자가 우리를 구하겠다는 뜻이다."

팽일강이 환호하듯이 말했다.

"우리가 이곳에 있다는 사실을 그가 알고 있는 게야."

그는 누워 있는 전송을 조심스럽게 안으면서 모두에게 주의를 주었다.

"다른 배들이 눈치채지 못하도록 배가 우리 앞에 오면 일제히 몸을 날려서 올라타야 한다."

세 명이 돌처럼 긴장한 얼굴로 고개를 끄떡이자 팽일강이 다시 말했다.

"명심해라. 저 배가 다른 배들의 시야를 가릴 수 있는 것은 길어야 두 호흡뿐이다. 실수하는 사람은 이곳에 두고 갈 수밖에 없다."

"배가 얼마나 가까이 다가올까요?"

팽소희가 긴장한 얼굴로 물었다.

야산 아래의 나무들이 운하를 향해 구불구불 뻗어 있어서 배가 가까이 다가오면 돛이 찢어질 것이다.

팽일강이 주변을 확인하고 대답했다.

"삼 장 가까이 오지는 못할 게다."

"아버지, 저는 한 번에 삼 장을 뛰지 못해요."

팽소희가 울상을 지었다. 하지만 사실 팽현중과 전걸도 삼 장을 뛰는 것은 자신이 없기 마찬가지다.

일류고수 상급과 절정고수 사이 수준인 팽일강은 한 번에 오 장 정도 뛸 수 있지만 전송을 안고 뛰어야 하기 때문에 빠듯하게 삼 장을 뛸 수 있을 것이다.

그런 상황에 팽소희를 데리고 뛸 수는 없다. 그러면 셋 다 물에 빠질 터이다 더구나 삐죽삐죽한 잡목들이 우거져 있어서 몸을 도약할 장소도 마땅한 곳이 없는 상황이다.

"여기다. 모두 이리 와라."

팽일강이 야산 아래쪽에 도약할 수 있는 최적의 장소를 찾아내고 모두를 불렀다.

그곳은 수면과 맞닿은 곳으로 좌우 폭이 넉 자밖에 되지 않으며 양쪽으로는 길쭉하고 구불구불한 나뭇가지들이 운하 쪽으로 길게 뻗어 있다.

그래서 한 번에 두 명밖에 뛸 수가 없지만 다가오는 배하고 가장 가까운 장소다.

팽일강이 잡목 사이로 화운룡의 배가 다가오는 것을 보면서 초조하게 말했다.

"준비해라. 희아와 걸아가 먼저 뛰고 중아와 내가 뒤따라서 뛸 것이다."

팽소희는 자신이 먼저 뛰어야 한다는 사실에 조금 안도했다. 만약 자신이 잘못되면 뒤따라서 뛸 부친이 손을 써줄 수 있을 테니까 말이다.

팽일강도 같은 생각이지만 막상 그런 상황이 닥치면 딸을 도와줄 수 있을지는 자신할 수가 없다.

왼쪽 잡목 숲 너머로 다가오고 있는 배가 보였다.

"온다. 준비해라."

앞선 팽소희와 전걸은 오십 년 남짓한 공력을 극한으로 끌어올려 도약을 준비를 했다.

쏴아아…….

그때 왼쪽 잡목 너머에서 배가 물살을 가르는 소리와 함께 나타났다.

운하의 배들은 나무가 많은 야산 아래쪽으로는 접근하지 않기 때문에 화운룡의 배만 다가오고 있다. 배가 다른 배들의 시선을 가릴 것이다.

잔뜩 벼르고 있던 팽일강은 배의 앞머리가 왼쪽 잡목 숲에 나타나자마자 낮게 외쳤다.

"지금이다!"

전걸과 팽소희가 두 발로 힘껏 땅을 박차고 쏘아갔다.

타앗!

그런데 삼 장이라고 예측한 거리가 삼 장 반이다. 팽일강은 배가 최대한 가깝게 접근했을 때를 예상하여 거리를 산정했지만 틀렸다.

배의 활짝 펼쳐진 돛이 배보다 측면으로 더 튀어나왔다는 사실을 간과해 버렸다.

그러나 전걸과 팽소희는 이미 도약을 했고 이젠 팽일강 자신과 팽현중이 뛸 차례다.

삼 장도 뛰지 못하는 팽소희와 전걸이 배에 오르지 못하고 물에 빠지게 될 것은 당연한 일이다.

아니, 삼 장 반 거리면 아들 팽현중조차도 뛰지 못할 것이다.

그러나 지금 와서 그만둘 수는 없다.

타앗!

팽일강은 힘껏 땅을 박차고 도약하면서 전송을 한 손으로 안고 다른 손으로 팽소희를 붙잡을 준비를 했다.

그가 예상했던 대로 팽소희가 배의 절반에도 미치지 못하고 곡선을 그리며 아래로 떨어지고 있다.

그녀만이 아니라 전걸마저도 하강하고 있다. 팽일강의 손은 하나뿐이고 구할 사람은 둘이다.

설사 한 명을 붙잡았다고 해도 구한다는 확신이 없다. 그저 전력을 다할 뿐이다.

"살려줘요!"

하강하는 팽소희가 수면하고 반 장으로 좁혀지자 찢어지는 비명을 질렀다.

팽일강이 팽소희를 향해 손을 뻗는데 이번에는 오른쪽의 팽현중이 다급하게 외쳤다.

"아버지! 도와줘요!"

팽현중도 삼 장 반 거리를 도약하는 것은 무리였다.

총체적 난국이다. 세 명 중에서 도대체 누굴 구해야 한다는 말인가.

*   *   *

그때 갑자기 무형의 어떤 힘이 다섯 명 모두를 떠받쳤다.

후우우…….

"아……."

"허엇!"

모두 소스라치게 놀랐다. 그러나 그들은 자신들이 화운룡의 도움을 받고 있다는 생각에 마음이 놓였다.

어떻게 해서 이런 어마어마한 일이 가능한지는 모르지만 화운룡이 암중에서 도움을 주고 있는 것만은 분명했다.

배를 보니까 화운룡의 모습은 보이지 않는데 그들은 느린 듯하면서도 빠르게 배를 향해 날아갔다.

그러는 와중에도 팽일강을 비롯한 모두는 화운룡에 대해서 한없는 경외심을 느낄 수밖에 없었다.

어느새 그들 다섯 명은 배의 난간을 넘어서 모두 똑바로 선 채 깃털처럼 가볍게 스르르 바닥에 내려졌다.

솨아아…….

그리고 배가 야산 아래를 벗어나 운하 가운데로 미끄러져 가기 시작했다.

팽일강 등은 온몸의 기운이 쭉 빠졌다. 지금의 이런 기분은 뭐라고 설명할 수가 없다.

꼼짝없이 강물에 빠지는 줄만 알았는데 이런 식으로 구함을 받으리라고는 예상하지 못했다.

척!

그때 일 층 선실의 문이 열리더니 안에서 음성이 들렸다.

"들어오시오."

팽일강이 아직 정신을 못 차리고 있는 세 명을 선실 안으로 급히 밀어 넣고 자신이 마지막에 들어갔다.

배가 다른 배들과 합류하고 있는 중이라서 조금만 늦었으면 다른 사람들 눈에 띌 뻔했다.

탁…….

손설효가 문을 닫고 팽일강 등의 옆을 지나 탁자 앞에 앉아 있는 화운룡 오른쪽에 앉았다.

왼쪽에는 선봉이 앉아 있으며 막화가 뒤에 서 있는데 모두 팽일강 등을 바라보고 있다.

팽일강 등의 시선은 원래 모습을 하고 있는 화운룡 얼굴에 못 박힌 채 경악하고 있다.

화운룡은 가볍게 고개를 끄떡였다.

"오랜만이오, 팽 가주."

"저… 정말… 대협이시오……?"

팽일강뿐만 아니라 팽현종과 팽소희, 전걸 모두 대경실색하여 후드득 몸을 떨었다.

팽일강은 자신들을 구해준 사람이 화운룡이 맞다고 조금 전까지 그토록 강변했으면서도 직접 눈앞에서 보니까 자신의 눈을 믿지 못했다.

화운룡은 쓸쓸한 미소를 지었다.

"드러내지 않으려고 했는데 어쩔 수가 없군."

팽일강 등은 화운룡의 말이 무슨 뜻인지 깨달았다.

화운룡은 자신이 살아 있다는 사실을 비밀로 하려고 했지만 어젯밤과 아까 관도에서, 그리고 지금까지 세 번에 걸쳐서 팽일강 등을 구해주어서 어쩔 수 없이 자신의 존재를 드러냈다는 것이다.

"당신들을 살린 것을 후회하지 않게 하시오."

팽일강은 화운룡을 만난 놀라움 같은 것은 이 자리에서 논할 분위기가 아님을 깨달았다.

팽일강은 화운룡을 보면서 결연한 얼굴로 말했다.

"믿어주시오. 대협의 생존 사실은 무덤에 들어갈 때까지 입을 다물겠소."

팽일강은 팽현중과 팽소희, 전걸을 보며 엄숙한 표정으로 다짐을 주었다.

"대협의 생존 사실을 밝히는 놈이 있나면 내 손으로 목을 베겠다. 알아들었느냐?"

그의 표정이 너무 엄숙하고 무서운 탓에 세 명은 버썩 얼어서 몸을 꼿꼿이 했다.

"명심하겠습니다."

팽일강은 전걸을 쏘아보았다.

"네 형들에게도 말하면 안 된다. 그럴 수 있느냐?"

전걸은 복잡한 표정을 지었다가 고개를 끄떡였다.

"그러겠습니다……!"

화운룡은 손을 저으며 일어섰다.

"그만하면 됐소."

그는 팽일강에게 안겨 있는 전송을 가리켰다.

"그 아이를 침상에 눕히시오."

화운룡이 줄곧 노인처럼 말하는데도 팽일강 등은 그런 것을 깨달을 정도의 여유가 없었다. 그가 무엇을 하든 그저 하늘처럼 여길 뿐이다.

팽일강은 잠시 동안 잊고 있던 전송이 생각나서 조급한 얼굴로 물었다.

"이 배에 의원이 있소?"

손설효가 팽일강을 냉랭하게 꾸짖었다.

"주군께서 그 아이를 침상에 눕히라고 말씀하신 것을 듣지 못했느냐?"

팽일강은 이십 세 초반의 새파란 손설효가 버릇없이 구는 것이 못마땅했으나 지금은 그런 것을 따질 때가 아니라서 즉시 전송을 침상에 눕혔다.

"상처가 심하오."

화운룡은 팽일강의 말을 귓등으로 들으면서 전송의 맥을 짚어보았다.

전송은 맥이 흐리긴 하지만 아직 살아 있다. 그렇다면 충분히 살릴 수 있다.

팽일강 등은 화운룡이 의술에 조예가 있는지 어떤지 전혀 모르고 있다.

전송을 살리는 일은 어렵지 않으므로 화운룡은 팽일강 일행을 굳이 나가라고 하지 않았다.

저들이 저 모습으로 밖에 나가면 다른 사람들 눈에 띄게 될 것이니 여기에 있는 것이 좋다.

전송은 배에 타는 과정에서 몸이 흔들렸는지 지혈이 풀려서 피를 흘리고 있었다.

"옷을 모두 벗겨라."

상처가 옆구리와 엉덩이 아래라는 것을 확인한 화운룡이 지시하자 손설효와 선봉이 즉시 전송의 옷을 벗겼다.

팽일강과 팽현중, 전걸은 움찔 놀라서 급히 뒤돌아섰지만 같은 여자인 팽소희는 그대로 서서 지켜보았다.

전송이 옷을 다 벗긴 나신이 되었지만 피투성이 상태라서 그냥 커다란 고깃덩이처럼 보였다.

팽소희는 저기에 옷이 다 벗겨진 채 피투성이가 되어 누워 있는 사람이 어쩌면 자신이었을지도 모른다는 사실을 생각하자 저절로 몸이 후드득 떨렸다.

아까 관도에서 천외신계 고수 백여 명에게 포위되었을 때에는 굳이 전송이 아니라 누가 저 지경이 됐어도 조금도 이상하지 않은 상황이었다.

전송의 길게 베어진 왼쪽 옆구리에서 피와 내장이 흘러나오고 있는 것을, 손설효가 능숙한 솜씨로 지혈을 하고 내장을 다시 조심스럽게 집어넣어 나오지 못하게 손으로 덮었다.

미래를 알기 전의 손설효 같았으면 전송의 지독한 상처만 보고도 질겁해서 근처에도 오지 못했을 것이다.

그렇지만 자신이 팔십삼 세까지 미래에서 무황십이신으로 살았다는 사실을 알고 나서는 산전수전 두루 겪은 할망구처럼 매사에 거침이 없게 되었다.

냉천신기를 일으켜서 오른손에 주입한 화운룡이 손설효의 손을 덮었다.

"이제 손을 빼라."

손설효가 손을 빼자 화운룡은 커다란 손으로 옆구리 상처를 덮고 부드럽게 쓰다듬으면서 명천신기를 주입했다.

스으으……

손설효는 미래에 화운룡이 명천신기로 많은 사람들을 치료하는 광경을 질리도록 봤었지만 이런 일은 언제 봐도 신기하기 짝이 없는 광경이다.

선봉은 화운룡이 치료하는 것을 처음 보기에 눈도 깜빡이지 않고 지켜보았다.

팽소희는 두 손을 모으고 친구인 전송이 소생하기를 간절하게 빌면서 지켜보았다.

스스으으……

그때 화운룡의 오른손이 덮고 있는 옆구리 상처에서 뿌연 수중기가 짙게 뿜어지더니 시간이 지날수록 오색의 영롱한 색채를 발하면서 허공으로 떠올랐다.

"아아……."

팽소희는 너무도 신기해서 자신도 모르게 탄성을 터뜨렸다.

팽일강 등은 궁금한 나머지 돌아보면 안 되는 줄 알면서도 몸이 저절로 돌아갔다.

하지만 오색의 짙은 수중기가 실내에 가득해서 화운룡이나 전송의 모습은 보이지 않았다.

"엎드리게 해라."

그 속에서 화운룡이 조용한 목소리의 손설효가 진송의 몸을 뒤집는 부스럭거리는 소리가 들렸다.

전송의 엉덩이 상처 또한 옆구리 상처만큼이나 심했다. 엉덩이와 허벅지의 경계 부위에 가로로 길고 깊게 갈라졌으며 뼈가 보일 정도였다. 조금 더 깊었으면 두 다리가 절단됐을 것이다.

두 다리의 상처가 길어서 한꺼번에 치료할 수가 없는 탓에 하나씩 치료하기로 했다.

"다리를 넓게 벌려라."

다리를 벌리고 나서 손설효가 눈살을 찌푸렸다.

"지독하군요. 이게 치료되겠어요?"

"상처를 좁혀봐라."

화운룡이 지시하자 손설효가 즉시 상처의 위아래를 누르면서 벌어진 부위를 좁혔다.

짙은 오색운무가 점차 가라앉으면서 침상에 엎드린 자세로 누워 있는 전송의 나신이 모습을 드러내자 팽일강 등은 급히 다시 몸을 돌렸다.

화운룡은 마지막 상처를 치료하고 있는 중인데 전송이 엎드린 채 신음 소리를 냈다.

"음⋯⋯."

옆구리와 엉덩이 아래 한쪽이 완전히 치료되고 또 다른 쪽도 치료가 끝나가는 상황이라서 위험한 고비를 넘기고 정신을 차린 것이다.

뺨을 침상에 댄 자세에서 눈을 뜨던 전송은 자신에게 일어나고 있는 상황을 이해하느라 눈을 깜빡거렸다.

'아……'

그녀는 관도에서 싸우다가 옆구리와 엉덩이가 베여 주저앉았던 기억을 떠올렸다.

백여 명의 천외신계 고수들에게 포위되어 미친 듯이 싸우던 중에 자신이 중상을 입고 정신을 잃었으므로 자신을 비롯한 다른 네 명은 죽었거나 제압당했을 것이다.

그런데 호흡을 하고 눈을 깜빡일 수 있는 것을 보니까 그녀는 자신이 아직도 살아 있다는 생각이 들었다.

살아 있다면 제압되어 어딘가에 감금됐을 것이다.

"……?"

그런데 뭔가 이상하다. 그녀는 바닥에 엎드려 있는 자세인데 누군가 몸을 주무르고 있는 느낌이다.

고개를 살짝 돌려서 옆을 보니까 누군가 서 있는 허리 부위가 보였다.

'설마 나를……'

그녀는 누군가 자신을 욕보이고 있다는 생각이 들었다. 다리가 벌어져 있으며 누군가의 손이 엉덩이와 깊숙한 곳을 더듬고 있으니 의심의 여지가 없다.

그녀는 퉁기듯이 몸을 일으키면서 벼락같이 외쳤다.

"무슨 짓이냐?"

그러나 몸을 일으키려는 것은 그녀의 의지였을 뿐 그저 몸이 한바탕 꿈틀거리는 것으로 그쳤다. 누군가 몸을 지그시 누르고 있기 때문이었다.

찰싹!

"치료하는 중이니까 움직이지 마라."

그때 누군가 전송을 꾸짖었다. 여자의 목소리라서 전송은 멍해졌다. 여자라면 자신을 욕보일 리가 없기 때문이다.

'치료를……'

전송은 방금 여자가 한 말을 곱씹었다.

그녀는 중상을 입었는데 어떻게 된 일인지 지금은 고통이 추호도 느껴지지 않았다.

그러고 보니까 누군가 그녀의 엉덩이를 만지고 있는 것은 어쩌면 베인 상처를 치료하고 있는 것인지도 모른다는 생각이 들었다.

'아아… 대체 어떻게 된 일일까?'

눈을 동그랗게 뜨고 놀라는 표정을 짓던 그녀는 갑자기 흠칫 놀랐다.

'아……! 이 냄새는……'

전송은 어젯밤에 밤하늘을 훨훨 날아갈 때 미약하게나마

맡았던 그 체향을 지금은 아주 강하고 선명하게 맡았다.

'그분이야……'

전송은 자신이 지금 보고 있는 허리의 주인이 화운룡일 것이라고 확신했다.

화운룡은 최종적으로 상처가 흉터를 남기지 않도록 한 번 더 쓰다듬으면서 명천신기를 주입하고 손을 뗐다.

"됐다. 새 옷을 가져와서 입혀라."

"네, 사부님."

손설효가 치료 시중을 들고 있으므로 선봉이 재빨리 밖으로 달려 나갔다.

팽일강 등은 이십 대 중반의 뛰어난 미인이 화운룡의 제자라는 사실에 적잖이 놀라서 그녀가 문을 열고 나가는 것을 자세히 살펴보았다.

'그분 목소리야……'

전송은 체향에 이어서 화운룡의 목소리까지 듣고서는 더 이상 가만히 있을 수가 없었다.

그녀는 두 손으로 침상을 짚고 상체를 틀어 허리의 주인을 돌아보았다.

그리고 거기에 서서 손설효가 건네준 물 적신 수건에 손을 닦고 있는 화운룡을 발견했다.

"대협……"

전송은 화운룡의 모습을 발견한 순간 비 오듯이 눈물을 쏟기 시작했다.

화운룡이 그녀를 보며 빙그레 미소 지었다.

"오… 송아. 깼느냐?"

전송은 벌떡 일어나서 몸을 던져 화운룡에게 와락 안기며 울음을 터뜨렸다.

"으아앙! 대협……!"

화운룡은 그녀를 안고 부드럽게 등을 쓰다듬었다.

"많이 아팠느냐? 이제 다 나았다."

전송은 그동안 고생했던 것이 서럽고 중상을 입어 자신이 죽을 것이라는 생각에 몹시 무서웠던 여러 감정들이 화운룡을 보는 순간 한꺼번에 터져 버렸다.

전송의 한번 터진 울음은 쉬이 그치지 않았다.

그때 선봉이 옷을 가져온 것을 보고 화운룡이 그녀를 살짝 떼어냈다.

"이제 옷 입어라."

"……."

옷을 입으라는 말에 전송은 부지중 자신의 몸을 내려다보다가 화들짝 놀랐다.

"엄마야……."

화운룡이 전송을 놔주고 돌아서자 쳐다보고 있던 팽일강

과 팽현중, 전걸이 다급하게 돌아섰다.

전송은 옷을 입혀주는 선봉에게 울면서 물었다.

"왜 제 옷을 벗겼나요?"

손설효가 물었다.

"옷을 입은 상태에서 널 치료할 수는 없지 않겠느냐? 그럼 널 죽게 내버려 두는 것이 좋았을까? 아니면 이렇게 원망을 듣더라도 옷을 벗기고 치료를 하는 편이 나았을까?"

"……"

전송은 눈물을 뚝 그쳤다.

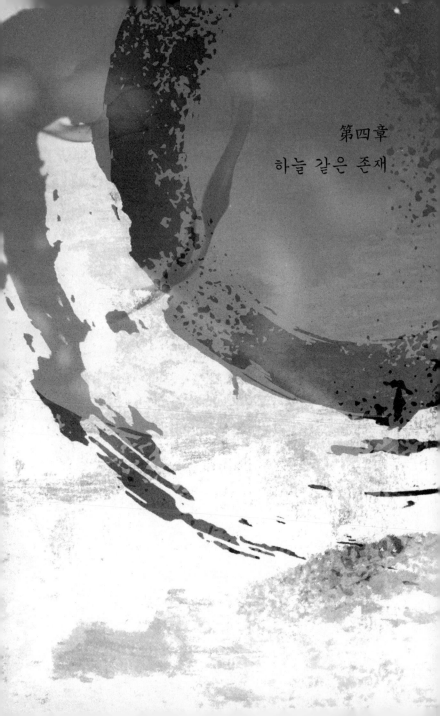

第四章

하늘 같은 존재

팽일강 등은 다시 한번 화운룡에게 감탄하고 존경하는 마음이 하늘을 찌를 정도가 되었다.

누가 보더라도 극심한 중상을 입은 전송은 반시진을 버티지 못하고 죽을 것이 분명했었다.

그런 그녀를 화운룡이 일각어 민에 살렸으며, 살아난 그녀는 아무 일도 없었다는 듯 다치기 전보다 더 팔팔한 모습으로 돌아다녔다.

그걸 보면 그녀가 얼마 전에 사경을 헤매던 사람이라는 생각이 추호도 들지 않았다.

팽일강 등은 세상천지에 이토록 신기한 일이 있다는 것을 고서에서조차 읽은 적이 없었다.

더구나 화운룡은 추호도 힘들어하는 기색 없이 자상하게 미소 지으며 전송의 머리를 쓰다듬고 있다.

팽일강 등은 자신들이 필경 천신을 마주 대하고 있다는 생각이 저절로 들었다.

팽일강과 남자들은 장사꾼과 뱃사람으로, 팽소희와 전송은 하녀로 변장을 했다.

"본 가는 화북대련에 가입했소."

모두 갑판 아래 가장 큰 선실의 탁자에 둘러앉은 후에 팽일강이 말문을 열었다.

"일 년여 전에 대협께서 내 목숨을 살려준 이후 나는 곧장 본 가로 돌아가서 근신했소."

균천보와 하북팽가 등 천외신계에 협조하는 하북의 방파와 문파들이 추격대를 구성하여 쫓아왔을 때 화운룡은 그들을 전멸시켰으며, 자신의 과오를 뼛속 깊이 뉘우치는 팽일강을 훈계하여 살려 보냈었다.

"이후 아들과 딸이 돌아오고 나서 천외신계와 손을 끊고 얼마 후에 화북대련에 가입한 것이오."

화운룡은 팽현중과 팽소희를 쳐다보았다.

"이들이 어떻게 돌아왔소?"

예전에 화운룡은 태주현 근처에서 못된 짓을 하는 광덕왕의 아들 주형검을 징계하려고 그와 같이 있던 주자봉, 팽현중, 팽소희를 제압해서 비룡은월문에 가두었었다.

천여황이 비룡은월문을 괴멸시킬 당시에 팽현중 등은 비룡은월문에 있었는데 어떻게 무사히 하북팽가로 돌아갈 수 있었던 것인지 궁금했다.

팽일강은 옆에 앉은 팽현중과 팽소희를 한 번 보고 나서 설명했다.

"비룡은월문이 괴멸했다는 소문을 듣고 열흘쯤 지나서 아이들이 돌아왔었소."

"어떻게 된 것이냐? 너희들은 비룡은월문이 어떻게 됐는지 보았느냐?"

화운룡의 물음에 팽현중이 공손히 대답했다.

"자세히 보지는 못했습니다."

그가 당시 상황을 설명했다.

"우리는 비룡은월문 동쪽 끝인 성곡전(星谷殿)이라는 곳에 머물고 있었습니다."

화운룡에 의해서 제압되어 비룡은월문에서 지내게 된 팽현중 등은 뇌옥에 감금된 적이 한 번도 없었다.

그들이 행동할 수 있는 구역은 성곡전과 주변의 호수와 수로, 인공으로 만든 가산, 연무장 등으로 제한된 상황이었지만, 언제나 요리는 최고급이고 술은 내키기만 하면 늘 마실 수 있었으며 무공 연마를 하든지 낚시나 산책, 독서 등 무엇을 하든 자유로웠다.

또한 그들은 무공이 폐지되거나 혈도가 제압되지도 않았으며 지키는 사람도 없었다. 그렇지만 비룡은월문에서 탈출하는 것은 불가능했다.

성곡전과 주변은 매우 넓었으나 사방이 호수와 수로로 둘러싸여 있고 수로의 폭이 오 장 이상이어서 이들 능력으로는 뛰어넘지 못했다.

성곡전을 나가는 다리가 하나 있기는 했으나 그곳에는 상시 고수들이 삼엄하게 지키고 있어서 뚫고 나갈 엄두를 내지 못했다.

비룡은월문에서 탈출할 의도만 없다면 그곳에서의 생활은 편안하고 좋았었다.

그 당시에 팽현중 등은 천외신계 고수들이 비룡은월문을 공격했다는 사실을 까맣게 모르고 있었다.

그때 그들은 밤에 주형검의 방에 모여서 술을 마시고 있었는데 무기를 뽑아 든 천외신계 고수 수십 명이 성곡전에 들이닥치더니 그들에게 누구냐고 물었다.

팽현중 등이 가신들의 신분을 밝히지 천외신계 고수들은

그들을 우두머리에게 데리고 갔으며, 우두머리는 그들을 면밀히 조사한 후에 신분이 확실하자 털끝 하나 건드리지 않고 풀어주었고, 그래서 각자 집으로 돌아갔다.

풀려난 사람은 주형검과 팽현중, 팽소희 세 명뿐이었다. 주자봉은 사촌인 옥봉과 절친한 사이여서 줄곧 운룡재에서 머물고 있었다.

"비룡은월문에서 우두머리에게 갈 때나 그곳에서 나올 때 무엇을 보았느냐?"

"곳곳에 쓰러져 있는 수많은 시체들과 그보다 더 많은 사람들이 끌려가는 광경을 봤습니다."

'끌려가는 사람들'이라는 말에 화운룡은 긴장했다.

"시체들은 무엇이고 끌려가는 사람들은 무엇이냐?"

"성 곳곳에 죽어 있는 사람들은 무기를 지니고 있는 고수들이거나 무사들이었고 끌려가는 사람들은 무공을 모르는 사람들 같았습니다."

팽소희가 덧붙였다.

"밀하자면 무기를 들고 저항한 고수들은 다 죽었고 힘없는 보통 사람들은 죽이지 않고 끌고 갔다는 뜻이에요."

"어디로 끌고 갔는지 아느냐?"

부질없는 질문인 줄 알면서도 그렇게 물었다.

"그건 몰라요."

팽현중이 다시 설명했다.

"우리가 성곡전에서 우두머리에게 갈 때 비룡은월문 동쪽 끝에서 서쪽 끝까지 가로질렀는데 싸움은 끝난 상황이었고 죽은 사람들은 그다지 많지 않았어요."

팽현중과 팽소희는 화운룡에게 매우 공손했다.

"그리고 우두머리가 우리더러 집으로 가라고 했을 때 시체들을 한군데 모아서 태우는 광경을 봤습니다."

"시체들이 타면서 큰 소리를 냈고 타는 냄새가 지독해서 너무 끔찍했어요."

팽소희가 그때 생각이 나는지 오만상을 찌푸렸다.

"시체는 많지 않았는데 제 생각에는 약 오백 구 정도였던 것 같습니다."

오백 구는 많은 수지만 비룡은월문이라는 어마어마한 규모에 비해서 적은 수라는 뜻이다.

화운룡은 북경으로 떠나면서 비룡검사 대다수를 이끌고 갔으며 정예고수는 해룡검대만 남겨두었다.

비룡은월문에는 비룡검사가 아니더라도 성을 지키는 호위무사들이 있었는데 그들과 해룡검대를 다 합치면 오백여 명쯤 될 것이다.

그렇다면 그들이 전멸했다는 얘기다. 도주하거나 항복하지 않고 끝까지 저항하다가 장렬하게 죽은 것이다.

"끌려가는 사람들에 대해서 아는 것이 있느냐?"

팽현중은 올해 이십칠 세로 화운룡보다 다섯 살이나 많지만 팽현중에게 화운룡은 거대한 산악처럼 여겨졌다.

"우두머리에게 갈 때 여기저기 전각들에서 사람들이 끌려나오는 광경을 봤지만 나중에는 보지 못했습니다."

"음……."

비룡은월문을 지키던 해룡검대와 고수, 무사들 즉, 저항하는 사람들만 죽었다면 옥봉이나 가족들은 아직 살아 있을 일말의 가망이 있다.

"우두머리가 누구였느냐?"

다행이 팽현중이 당시 비룡은월문을 공격한 천외신계 고수들의 우두머리가 누군지 알고 있었다.

"천외신계 고수가 우두머리에게 동초후 전하라고 하는 것 같았습니다."

"동초후."

화운룡의 얼굴에 희망이 피어났다.

옥봉을 비롯한 가족들이 살아 있을 가능성이 있으며, 동초후를 만나서 족치면 옥봉 등이 어디에 있는지 알아낼 수 있을 터이다.

화운룡은 손을 뻗어 팽현중의 어깨를 가볍게 두드렸다.

"고맙다."

화들짝 놀란 팽현중은 벌떡 일어나서 허리를 굽히며 공손히 포권했다.

"대협, 그런 말씀 하지 마십시오."

화운룡이 팽일강을 보며 미소 지었다.

"자식들이 많이 변한 것 같소."

대화를 하는 중에 팽일강은 화운룡이 자신보다 훨씬 나이가 많은 노인 같은 느낌이 들었다.

팽일강은 빙그레 미소 지었다.

"하북팽가가 몰락한 이후 매일같이 천외신계에 쫓기면서 살아가느라 생활이 각박하고 옹색해지니까 자식들이 자연스럽게 적응하면서 변하더군요."

"다행이오."

천진현이 가까워지자 팽일강 등은 화운룡과 이별해야 할 것을 생각하고 매우 섭섭한 표정을 지었다.

화운룡이 구림육파가 있는 심택현으로 가려면 경항대운하의 북쪽 종점인 천진현에서 자아하(子牙河)를 따라서 상류로 이백여 리 정도 거슬러 올라가야 한다.

그러나 화북대련으로 가는 팽일강 등은 천진현에서 내려 제 갈 길로 가야 하는 것이다.

하북대련 본거지는 천진현에서 동북쪽으로 오십여 리 떨어진 영하현(寧河縣) 인근에 있다니까 화운룡 일행하고는 정반대 방향이다.

"화북대련은 어떻소?"

화운룡의 물음에 팽일강은 착잡한 표정을 지었다.

"많이 어렵소."

화운룡은 침묵으로 팽일강의 말을 기다렸다.

"본 련이 꽤 알려지면서 뜻 있는 무림인들이 점점 더 많이 모이고 있는데 그들을 다 수용할 여력이 없어서 돌려보내고 있는 실정이오."

"자금이 없는 것이오?"

화운룡이 정확하게 지적을 하자 팽일강은 부끄러운 표정을 지었다.

"그렇소."

"다들 방파와 문파를 버리고 떠나와서 모인 탓에 운영하던 가업이나 점포들까지도 포기해야 했소. 현재 본 련에는 천 명 정도가 있는데 자금이 부족하다 보니까 그들마저도 떠나보내 야 하는 실정이오."

화운룡은 고개를 끄떡였다.

"꽤 많이 모였군."

천 명이면 웬만한 대방파 수준이므로 그동안 화북대련이 제법 명성을 얻었음을 알 수 있다.

그것을 달리 말한다면 그만큼 천외신계를 많이 괴롭혔다는 뜻이기도 하다.

팽일강의 표정이 더욱 씁쓸해졌다.

"사실 이번에 예전 막역지우였던 벗에게 금전적인 도움을 청하려고 찾아갔다가 그자가 천외신계에 밀고하는 바람에 쫓기는 신세가 됐던 것이오."

팽일강이 막역지우라고 할 정도면 매우 친한 친구일 터이다. 그런 친구에게 돈을 빌리러 간 처지도 딱했을 텐데 게다가 밀고까지 당하고 쫓기는 입장이 됐으니 팽일강으로서는 죽기보다 더한 심정이었을 것이다.

화운룡은 고개를 약간 모로 꼬았다.

"내가 예전에 전학에게 구림육파에 찾아가서 힘을 모으라고 조언했었는데 그러지 않았던 것이오?"

팽일강은 씁쓸한 표정을 지었다.

"구림육파가 우리를 거절했소."

"거절이라니? 받아들이지 않았다는 것이오?"

"그렇소. 구림육파는 소림사를 위시한 명문대파들로만 이루어졌으므로 화북대련 같은 오합지졸은 격에 맞지 않는다고 문전박대를 당했소."

화운룡은 미간을 좁혔다.

"못난 것들이로고. 아직도 정신을 차리지 못하고 그따위 짓들인가?"

가만히 듣고만 있던 팽현중이 입술을 삐죽거리면서 한마디 거들었다.

"솔직히 말씀드리면 무림에서는 구림육파에 대한 평판이 좋지 않습니다."

화운룡은 더 말해보라는 듯 턱을 치켜들었다.

"천외신계 천하가 된 현재 구림육파가 하는 일은 거의 없습니다. 대부분의 사람들은 구림육파를 무릉도원이라고 비아냥거리고 있습니다."

"무슨 뜻이지?"

팽현중은 잔뜩 골이 난 표정이다.

"말 그대로 신선놀음을 하고 있다는 겁니다."

팽현중뿐만 아니라 전걸과 팽소희, 전송도 얼굴 가득 노골적인 불만이 가득했다.

팽일강이 정리해 주었다.

"천하 도처에서 천외신계에 저항하는 크고 작은 조직들이 우후죽순처럼 생겨나고 있는 판국에 그들을 이끌거나 받아들이거나 규합해야 할 구림육파가 모른 체하고 있어서 원성이 자자한 실정이오."

그는 잠시 틈을 두었다가 설명을 이었다.

"들리는 말에 의하면 구림육파는 하나의 거대한 문파로 탄

생했다는 소문이오."

"그 문파 이름이 무엇이오?"

"그것까지는 모르겠소."

구림육파에 대한 무성한 소문은 화운룡이 직접 만나서 확인해 보면 될 일이다.

소문이란 그저 소문일 뿐이다. 구림육파가 자신들을 보호하려고 헛소문을 일부러 퍼뜨렸을 수도 있다. 살아남아서 천외신계를 상대하려면 무슨 짓인들 못 하겠는가.

"그 전에 할 일이 있소."

화운룡은 선봉에게 일렀다.

"봉아, 배를 잠시 멈추라고 해라."

"네, 사부님."

선봉이 공손히 인사하고 나가는 모습을 다들 홀린 듯한 표정으로 바라보았다.

화운룡의 무위가 신의 경지에 도달한 수준인데 과연 제자의 무위는 대체 어느 정도일지 궁금하기도 하고 부럽기도 한 표정들이다.

그중에서도 특히 전송의 표정이 각별했다.

팽일강 등은 자신들이 잘못 들었을 것이라고 생각했다.

방금 화운룡이 팽일강을 비롯한 다섯 명의 생사현관을 타통해 주겠다고 말했기 때문이다.

"대협… 방금 하신 말씀은……."

"말 그대로요. 그대들의 생사현관을 타통해 주겠소. 그대들이 위험에 처할 때마다 내가 매번 구해줄 수 없으니 그러는 편이 낫겠다는 것이오. 원하지 않는 사람은 하지 않아도 되오."

생사현관의 타통이란 원래 막혀 있는 임맥과 독맥 칠십오 혈을 서로 소통하게 만들어서 혈류든 공력이든 전신 삼백육십오 혈도를 원활하게 흐르도록 하는 수법이다.

칼을 쥔 채 살아가는 사람이라면 어느 누구라도 꿈속에서 조차 갈망하는 것이 생사현관의 타통이다.

그러나 문제는 자의든 타의든 생사현관의 타통이 절대로 쉽지 않다는 사실이다.

그것을 화운룡이 해주겠다고 말했다. 그것도 한 명이 아니라 다섯 명 모두를 말이다.

"그… 게 가능합니까?"

팽일상은 화운룡의 능력이 하늘에 닿았다는 사실을 잘 알면서도 의구심이 드는 것을 어쩌지 못했다. 그만큼 이 일이 어렵기 때문이다.

화운룡은 일일이 대꾸하고 설명하는 것이 귀찮았다.

"누가 먼저 하겠소?"

"제가 먼저 할게요."

화운룡의 말이 떨어지자마자 전송이 발딱 일어섰다.

*   *   *

반시진 정도가 지난 후에 선실 바닥에는 팽일강 등 다섯 명
이 가부좌의 자세로 앉아서 운공조식을 하고 있었다.

그들은 모두 생사현관이 타통되어 연이어서 세 차례 운공
조식을 하는 중이다.

공력이 가장 심후한 팽일강이 제일 먼저 운공조식을 끝내
고 망연자실한 표정으로 자신의 몸을 이리저리 살펴보면서
중얼거렸다.

"아아… 내가 생사현관이 타통되다니… 정녕 믿어지지 않
는 일이오……."

그의 백이십 년 공력은 생사현관 타통으로 순식간에 이백
삼십 년 수준으로 급증한 상태다.

체내에서 공력이 들끓고 있으며 심신은 더할 수 없이 청명
하고 고요했다.

또한 저 밑바닥에서 무언가 끊임없이 뭉클뭉클 샘물처럼
솟구치고 있어서 공력을 죄다 사용해도 또다시 금세 가득 채
워질 깃만 같았다.

그는 앞쪽 탁자 앞에 앉아서 차를 마시고 있는 화운룡을 보고는 퉁기듯이 벌떡 일어섰다.

"대… 대협……!"

그는 화운룡을 보면서 그에게 뭐라고 고마움을 표해야 할지 방법을 찾지 못했다.

이미 입은 은혜가 태산처럼 큰데 또다시 생사현관 타통이라는 필생의 크나큰 은혜가 거듭되었으니 가슴이 미어질 것만 같고 눈앞이 부옇게 눈물이 차올랐다.

그즈음 다른 네 명도 운공조식을 마치고 하나둘 깨어나 환희와 경악의 도가니에 빠져 있다.

팽일강이 자신의 감정을 주체하지 못한 채 화운룡을 바라보면서 격하게 부르짖었다.

"대협……! 나 팽일강은 대협께 도대체 뭐라고 감사의 말씀을 드려야 할지 모르겠소……."

팽일강이 이 지경이거늘 하물며 다른 네 명의 심정이야 말해서 무엇하겠는가.

그들은 그저 아무 말도 하지 못하고 눈물을 펑펑 흘리면서 몸을 떨고 있을 뿐이다.

갑자기 팽일강이 그 자리에 무너지듯이 털썩 엎드리면서 울음을 터뜨렸다.

"흐어엉! 대협……!"

그는 이마를 바닥에 대고 감정이 복받쳐서 끄억! 끄억! 소리를 내면서 울었다.

"태어나서 이토록 큰 은혜를 입어본 적이 한 번도 없소이다… 대체 어쩌자고 나 같은 자에게 이런 감당하지 못할 은혜를 베푸셨소이까……."

다른 네 명도 팽일강 옆에 나란히 부복하여 눈물을 흘렸지만 감정이 격해서 아무 말도 하지 못했다.

팽일강을 비롯한 다섯 명이 화운룡에게 입은 은혜가 도대체 몇 번인가.

세 번은 목숨을 구함받은 은혜이며 마지막 한 번은 삼생을 살아도 얻을 수 없는 생사현관 타통이라는 만고의 은혜다.

"대협……! 나 팽일강은 이 시각부터 대협의 종으로 살겠소이다… 부디 거두어주시오……!"

"일어나시오."

화운룡이 조용히 말했으나 팽일강 등은 부복한 채 농성이라도 하듯이 흐느꼈다.

"거두어주신다고 하면 일어나겠소… 대협……."

"일어나지 않으면 생사현관 타통한 것을 거두겠소."

"……."

그의 조용한 말에 팽일강은 뚝 울음을 멈추고 고개를 들어 화운룡을 바라보았다.

"그대들의 마음은 알겠으나 지금은 이럴 때가 아니오."

팽일강은 복잡한 표정으로 그를 올려다보았다.

"일어나시오."

화운룡이 다시 조용한 목소리로 말하자 팽일강과 네 명은 주춤거리면서 일어났다.

"이리 와서 앉으시오. 할 말이 있소."

팽일강 등이 탁자 앞에 나란히 앉은 후에 화운룡은 품속에서 봉투 하나를 꺼내 팽일강에게 밀어주었다.

"받으시오."

팽일강이 의아한 얼굴로 봉투를 집으려고 하자 화운룡이 넌지시 말했다.

"조금 전 같은 행동을 하지 않겠다는 약속을 하고 그걸 열어보시오."

"......"

팽일강은 봉투 안에 생사현관을 타통해 주는 것과 맞먹는 엄청난 것이 들어 있음을 직감했다.

"약속하기 전에는 열지 마시오."

화운룡은 조금 전과 같은 난감한 상황이 또다시 벌어지는 것을 원하지 않았다.

그러나 팽일강으로서는 하기 어려운 약속이다. 그렇지만 무엇이 들어 있는지 짐작조차 할 수 없는 봉투 안의 물건을 반드시 보고 싶었다.

팽일강은 화운룡이 시간이 없다는 사실을 알고 있지만 재촉하지 않는 그가 고맙기도 하고 초조하기도 했다.

"음! 알았습니다. 그러겠습니다."

팽일강은 묵직하게 입을 열었다. 그는 자신도 모르는 사이에 화운룡에게 존대를 하기 시작했다. 화운룡 앞에서는 예의나 도리를 따질 겨를이 없다. 그저 상황이 그렇게 만들고 있을 뿐이다.

화운룡은 고개를 끄떡였다.

"열어보시오."

부스럭……

팽일강은 긴장된 표정으로 봉투를 열었고 다른 네 명은 눈도 깜빡이지 않고 주시했다.

봉투 안에는 도합 다섯 장의 금색의 두툼한 종이가 들어 있는데 하나같이 금박(金箔)을 입혀서 귀하게 보였다.

팽일강은 금색 종이를 살피다가 눈을 커다랗게 뜨면서 호흡을 멈추었다.

"헉!"

그는 부릅뜬 눈으로 금색 종이를 뚫어지게 살펴보았다.

금색 종이는 전표였다. 거기에는 '金壹十萬兩程'이라고 뚜렷하게 적혀 있었다.

금화 십만 냥짜리 전표다. 그것을 주시하는 팽일강의 몸이 부들부들 마구 떨렸다.

금화 십만 냥이면 은자 오백만 냥이다. 십만 냥짜리 전표가 다섯 장이니까 도합 은자 이천오백만 냥이다.

팽일강은 조금 전에 화운룡이 어째서 격동하지 말라고 억지로 약속을 시켰는지 이제야 이해했다.

은자 이천오백만 냥이면 현재 화북대련이 처해 있는 절대빈곤에서 단번에 벗어날 수 있을 것이다.

얼마 전까지 화북대련은 허리띠를 졸라매고 은자 오만 냥으로 천여 명이 한 달을 버텼었다.

그런 식으로 계산을 한다면 은자 이천오백만 냥으로 오백 개월을 버틸 수가 있다.

그걸 햇수로 환산하면 무려 사십일 년 동안 돈 걱정을 하지 않아도 된다는 얘기다.

팽일강을 비롯한 네 명은 아무 말도 하지 못하고 전표를 바라보면서 하염없이 눈물만 흘렸다. 콧물까지 줄줄 흐르는데도 깨닫지 못했다.

"풍족하게 쓰시오."

화운룡의 조용한 목소리가 아련하게 멀리에서 들렸다.

"이제부터 화북대련에 매월 금 십만 냥씩 지원할 테니 돈을 아끼지 마시오."

팽일강은 그 말을 듣지 못했다가 잠시가 지나서야 귓전에 남아 있는 말의 여운의 뜻을 이해하고 멍한 표정으로 화운룡을 바라보았다.

"무… 슨 말씀이십니까?"

"화북대련에 매월 금 십만 냥씩 지원하도록 북경의 대륙상단 전장에 얘기해 둘 테니 매달 찾아가도록 하시오."

"……."

그 말인즉, 조금 전에 준 금 오십만 냥이 전부가 아니고 앞으로 달마다 금 십만 냥씩 지원해 주겠다는 뜻이다.

대륙상단 전장이면 중원에서 최고로 신용이 좋은 곳이다. 더구나 북경에 있는 것은 대륙상단 전장들의 총본장이다.

화운룡이 그곳에 말을 해둘 테니까 매달 알아서 금 십만 냥씩을 찾아가라는 것이다.

"대륙전장에……."

팽일강은 너무 경악해서 중얼거렸는데 손설효는 그가 믿지 못하는 줄 알고 냉랭하게 말했다.

"믿지 못하느냐? 대륙전장은 주군의 소유다."

팽일강은 두 손으로 탁자를 짚고 비틀거리면서 일어서는데 또다시 눈물이 펑펑 흘러서 화운룡이 보이지 않았다.

그는 자신이 이토록 울보일 줄은 몰랐다. 아니, 이런 상황에 눈물을 흘리지 않는다면 인간이 아닌 터이다.

"대… 협……."

그는 일어선 채 쓰러지지 않으려고 두 손으로 탁자를 짚고 겨우 몸을 가누었다.

"나는… 나는……."

그는 뭐라고 말해야 할지 더듬거리기만 했다. 격동하지 않겠다는 약속 때문이 아니다.

조금 전에 화운룡과 한 약속 같은 것은 이미 까맣게 망각해 버렸다. 그저 거대한 충격 때문에 목이 잠겨서 아무 생각도 나지 않았다.

화운룡이 조용히 말했다.

"살펴 가시오."

"대협……."

"효보보야, 이들을 안내해라."

화운룡의 명령을 받은 손설효가 일어나서 문으로 향했다.

"모두 따라와라."

팽일강을 비롯한 모두들 비 오듯이 눈물을 흘리면서 화운룡을 쳐다볼 뿐 움직일 생각을 하지 않았다.

"대협… 이 은혜를 대체 어찌 갚아야 합니까……."

화운룡은 온화하게 미소 지었다.

"다음에 만나면 술이나 합시다."

이제 헤어져야 할 시기인 것을 깨달은 팽일강은 일어났다가 공손히 바닥에 부복하며 이마를 바닥에 댔다.

다른 네 명도 똑같이 그 옆에 나란히 부복하자 팽일강이 떨리는 목소리로 입을 열었다.

"다시 뵈올 때까지 부디 강녕하십시오."

그는 화운룡을 대협이라고 호칭하는 것마저도 송구스러웠다. 하지만 딱히 그를 무엇이라고 불러야 할지 마땅하게 떠오르지 않았다.

부복한 그들의 머리 위로 조용한 음성이 흘러내렸다.

"모두들 무고하시오."

운하 옆 관도에 내린 팽일강 등 다섯 명은 화운룡이 탄 배가 떠나는 것을 지켜보았다.

팽일강이 한껏 고조된 억양으로 거룩하게 읊조렸다.

"저분은 하늘이 내리신 분이시다."

듣고 있는 네 사람은 그의 표현이 부족하다고 느낄지언정 지나치다고 생각하지 않았다.

팽일강이 멀어지는 배를 향해 공손히 허리를 굽히자 네 사람도 급히 허리를 굽혔다.

천진현으로 흘러들어서 합쳐지는 세 개의 거대한 강 중에 하나인 가사하는 서쪽에서 흘러오는데 그 길이가 팔백여 리에 이르고 성(省)의 경계를 넘어 산서성의 오대산(五臺山)에서 발원하고 있다.

화운룡 일행이 천진현에서 심택현까지 육로로 간다면 쉬엄쉬엄 가도 이틀이면 갈 수 있는 거리지만 배가 안전한 데다 편하다.

쉬이익! 쉬익!

갑판 아래 가장 큰 선실에서 바람 가르는 파공음이 날카롭게 흐르고 있다.

선실 한가운데에서는 손설효와 막화가 목검으로 대결을 벌이고 있는 중이다.

두 사람의 목검은 한 번도 서로 부딪치지 않았고 어찌 된 일인지 손설효가 연신 뒤로 밀리고 있다.

딱!

"앗!"

그러다가 급기야 막화의 목검에 맞아서 손설효가 목검을 놓치고 뒤로 비틀거리면서 물러섰다.

목검이 팽글팽글 회전하면서 벽으로 날아가다가 손설효가 손을 뻗자 뚝 멈추었다.

그러고는 그녀가 끌어당기는 시늉을 하자 목검이 날아가서 그녀의 오른손에 잡혔다.

"그만."

탁자에 앉아서 지켜보고 있던 화운룡의 말에 손설효가 볼 멘 표정으로 말했다.

"더 할 수 있어요."

"너는 졌다."

손설효는 승복하지 못하고 입술을 삐죽거렸다.

"네가 왜 졌다고 생각하느냐?"

"모르겠어요."

손설효는 쥐고 있는 목검에 힘을 주었다. 모든 면에서 막화보다 뛰어나다고 확신하는 자신이 어째서 졌는지 도무지 이해가 되지 않았다.

화운룡은 옆에 서 있는 선봉에게 물었다.

"봉아, 효보보의 패인이 무엇이냐?"

"효 매는 자만한 것 같아요."

화운룡은 맞은편에 나란히 서 있는 두 명의 비검문 수하에게 물었다.

"순진(純眞), 너는 어떻게 보았느냐?"

순진은 조금 머뭇거렸지만 용기를 내서 말했다.

"비룡운검에 대한 이해와 완성도가 문주께서 조금 우위이신 것 같습니다."

"공상(公桑), 너는?"

"우… 운이 좋았습니다."

화운룡은 손설효에게 말했다.

"들었느냐?"

손설효는 조금 전보다는 풀어진 얼굴이지만 그래도 눈을 샐쭉하게 뜨고 종알거렸다.

"제가 자만했다거나 비룡운검에 대한 완성도가 부족하다는 것은 이해하겠는데 운은 뭐죠? 제가 운이 나빠서 패한 건가요? 그것도 패인이라고 할 수 있나요?"

화운룡은 공상의 말을 보충했다.

"공상의 말은 막화의 몸 상태가 좋았다는 뜻이다."

공상이 크게 고개를 끄떡였다.

"그, 그렇습니다!"

손설효는 그제야 패했음을 인정했다.

"그… 렇군요."

두 사람은 조금 전에 공력 없이 순전히 검초식만으로 대결을 한 것이다.

공력을 사용했다면 이백삼십 년 공력의 손설효기 백이십 년 공력의 막화를 일초식 만에 이겼을 것이다.

화운룡이 공력을 사용하지 않고 검초식만으로 대결을 시킨 것은 비룡운검을 더 빠르고 정확하게 완성시키려는 그만의 훈련법이다.

막화가 목검을 그러잡고 공손히 포권을 하며 고개를 숙였다.

"죄송합니다, 소저."

"시끄럽다. 날 모욕하는 것이냐?"

막화는 당황했다.

"그게 무슨……."

"정정당당히 대결해서 패했는데 무엇이 죄송하다는 것이냐? 그게 날 모욕하는 게 아니고 무엇이냐?"

"죄송합니다."

"또!"

계속 꾸중을 듣는 막화는 당황해서 어쩔 줄 몰랐다.

"죄… 죄송……."

"이놈이!"

"……."

화운룡은 서슬이 퍼런 손설효와 전전긍긍하는 막화를 보면서 빙그레 미소를 지었다.

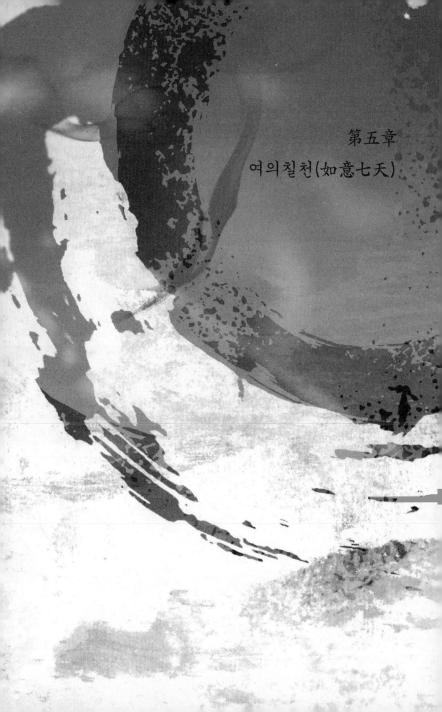

第五章

여의칠천(如意七天)

그날 저녁 식사 때 모두가 모여서 식사를 하고 술을 마시는 자리에서 화운룡이 말했다.

"효보보와 막화가 서로 친구가 되는 것이 어떠냐?"

그는 아까 손설효가 막화를 막 대하는 것을 보고 둘을 친구로 만들면 잘 어울리겠다는 생각을 했었다.

"에엣?"

"주군!"

막화와 손설효가 놀라서 그를 쳐다보았다.

막화와 두 명의 비검문 수하 순진, 공상이 배에 탄 이후부터 화운룡은 식사 때나 술을 마실 때에 빠짐없이 그들도 합석을 시켰다.

화운룡의 말에 막화도 크게 놀랐으나 손설효의 경악에 비할 바가 아니다.

그녀는 젓가락으로 막화를 가리키면서 얼굴이 하얗게 질리기까지 했다.

"제가 저놈하고 친구가 되어야 하나요?"

미래에 무황십이신의 한 명으로 화운룡의 최측근인 그녀는 하오문도였다는 막화의 과거 신분을 알고 나서 혐오까지는 아니더라도 그를 매우 천한 종자로 보기 시작했다.

막화도 죽을상을 지었다.

"주군, 말씀을 거두어주십시오."

화운룡은 선봉에게 물었다.

"봉아는 어떠냐?"

선봉은 반색했다.

"저하고 막화하고 친구가 되라고요?"

"오냐."

손설효하고는 달리 선봉은 방글방글 웃었다.

"저야 좋죠. 이 나이에 새파란 청춘하고 친구가 되다니 이런 횡재가 어디에 있겠어요?"

"막하는 선봉이 어떠냐?"

막화는 안절부절못했다.

"제가 어찌 감히……."

"네 솔직한 생각을 묻는 게다."

선봉은 눈을 초롱초롱 빛내면서 기대 어린 표정이고 막화
는 그런 그녀를 보면서 공손히 고개를 숙였다.

"선봉 소저하고 친구가 되라고 하시면 저야 쌍수를 들어 환
영합니다."

"효보보는?"

"……."

"괜찮다. 솔직하게 말해라."

막화는 정색을 했다.

"싫습니다."

손설효는 눈을 부릅뜨고 어이없는 표정을 지었다.

"뭐라? 내가 싫다고?"

그녀는 당장에라도 잡아먹을 것처럼 엉덩이를 들썩거렸
다.

"네놈이 감히! 다시 말해봐라! 나하고 친구 하는 것이 싫다
고 말했느냐?"

"그렇습니다."

"어째서 내가 싫은 거지?"

막화가 머뭇거리자 화운룡이 고개를 끄떡였다.

"솔직하게 말해도 된다."

막화는 심호흡을 했다.

"손 소저는 성격이 칼날 같습니다."

"또."

막화는 내친김에 더욱 용기를 냈다.

"속이 좁습니다."

"내… 내가 속이 좁아?"

손설효는 눈에서 불길이 뿜어지고 코에서 연기가 나는 것 같은 표정을 지었다.

화운룡이 거들었다.

"솔직하게 말하는 것이 듣기 싫으냐?"

손설효는 끙! 하는 소리가 나도록 참았다.

"아… 니에요."

"또 있느냐?"

막화는 이제 거칠 것 없이 솔직하게 말했다.

"잘난 체가 심합니다."

손설효는 손톱으로 탁자를 박박 긁었다.

"자… 자… 잘난 체?"

"또,"

"아랫사람을 무시합니다. 이 배의 선원들이나 숙수, 하녀들은 모두 손 소저를 두려워합니다 반면에 아랫사람들에게도

늘 친절한 선봉 소저를 좋아합니다."

"……."

그건 손설효도 느끼고 있는 점이며 일부러 그런 것이라서 아무 말도 하지 못했다.

"또 있느냐?"

"아직 많이 남았습니다."

손설효는 파들파들 떨었다.

화운룡은 이참에 손설효의 까칠한 성격을 고쳐주기로 마음먹었다.

단번에 고치지는 못하더라도 그녀의 성격이 이렇다는 사실을 까발려서 알게 해줘야겠다고 생각했다.

그는 막화에게 또 물었다.

"봉아는 싫은 점이 있느냐?"

"전혀 없습니다."

"어쩜……."

막화의 즉답에 선봉은 두 손을 맞잡고 감격해서 눈물이 그렁그렁 고였다.

이번에는 화운룡이 손설효에게 물었다.

"효보보야, 너는 막화의 어떤 점이 마음에 들지 않아서 친구가 되기 싫은 것이냐?"

"저는……."

손설효는 이놈 어디 두고 봐라 하는 표정을 지었다.

그녀는 막화의 싫은 점이 너무 많아서 한참 동안 말해야 할 것이라고 예상했었는데 막상 말하려니까 딱 하나밖에 생각나지 않았다.

그것은 막화가 천한 놈이라는 것인데 그걸 말했다가는 화운룡의 불호령이 떨어질 것이 뻔하다.

화운룡은 절대로 사람의 신분을 갖고 저울질 같은 것을 하지 않기 때문이다.

손설효가 다시 곰곰이 생각해 봐도 자신이 막화를 싫어하는 이유는 그가 예전에 천한 신분이었다는 것밖에 없으며, 따지고 보면 천한 것은 싫은 점이 아니었다.

그냥 손설효 자신의 성격이 모나서 천한 것을 싫어할 뿐이다.

"말해봐라."

화운룡의 말에 손설효는 입술을 잘근잘근 깨무는데 막화가 보기에는 그녀가 복수심에 불타는 것 같았다.

그러나 손설효 입에서 한참 만에 뜻밖의 말이 나왔다.

"없어요."

막화는 놀라서 눈을 크게 떴다. 설마 손설효가 그렇게 말할 줄은 몰랐다.

그러나 화운룡은 막화와 손설효가 그렇게 말한 줄 대충 에

상하고 있었다.

화운룡이 손설효에게 말했다.

"막화가 과거에 하오문도였다는 사실 때문에 그를 싫어하는 것이라고 말하지 않은 것은 잘한 일이다."

하오문도라는 말이 나오자 막화와 순진, 공상은 부끄러움에 고개를 숙였다.

"그러나 막화가 하오문도가 된 것은 그의 잘못이 아니다. 막화가 너처럼 명문정파에서 태어났다면 훌륭한 정파의 후기지수가 되었겠지. 바꾸어서 말하면 효보보 네가 지금의 신분이 된 것은 네가 잘나서가 아니라 대대로 명문정파인 조상과 부모를 잘 만난 덕분이다. 막화가 부모를 선택해서 태어날 수는 없지 않았겠느냐?"

"……"

손설효는 부끄러움은 막화가 아니라 자신이 느껴야 된다는 사실을 깨달았다.

"어떠냐? 아직도 막화와 친구가 되는 것이 싫으냐?"

성격이 칼날 같지만 천성이 착하고 여리며 똑 부러지는 손설효는 화운룡의 지적에 큰 깨달음을 느끼고 두 눈에 눈물이 가득 고여서 막화를 쳐다보았다.

"막화, 내가 잘못했다."

막화는 크게 당황했다.

"아… 아닙니다……."

손설효의 여러 장점 중에 하나는 잘못을 솔직하게 인정한다는 것이다.

손설효가 막화에게 술병을 내밀었다.

"내 술 받아."

"아아… 저는……."

막화는 난데없는 반전에 허둥거렸다.

술을 따른 후에 손설효는 술잔을 막화에게 내밀었다.

"막화, 우리 친구 하자."

"소… 손 소저……."

선봉이 급히 술잔을 들고 내밀었다.

"나도 끼워줘."

쨍!

술잔 세 개가 청아한 소리를 내며 부딪쳤다.

산다는 것은 별것 아니다. 생각만 조금 바꿔서 먹으면 사는 게 편할 수도, 힘들 수도 있는 것이다.

화운룡은 혼자 선실에서 천성대신력을 연마하다가 잠시 휴식을 취했다.

그는 오른 손목에 끼고 있는 천성여의를 습관처럼 만지작거리면서 맞은편 벽을 물끄러미 응시하며 언제나 틈만 나면 그랬듯이 옥봉을 그리워하고 있다.

하루에도 수십 번이나 그는 이렇게 망연한 표정으로 아내 옥봉이 그리워서 속을 썩인다.

사락… 사르락…….

그러다가 문득 손목에서 천성여의가 돌아가는 작은 소리에 상념에서 깨어났다.

그는 천성여의를 빙글빙글 돌리는 행동을 무심결에 계속하면서 물끄러미 굽어보았다.

'글씨가…….'

문득 무엇인가를 발견한 그는 천성여의 돌리는 것을 멈추고 들어 올려 자세히 들여다보았다.

그러나 곧 실망했다. 글씨라고 여겼는데 천성여의에 그저 가느다란 선이 그어진 것이었다.

'어째서 글씨로 보였을까?'

팔 갑자가 넘는 공력을 지닌 그의 눈에 글씨가 보이지 않는다면 그것은 글씨가 아닐 터이다.

그렇지만 조금 진에 문득 그의 눈에 천성여의의 가느다란 선이 글씨로 보였다.

어쩌면 착각일 수도 있겠지만 그는 착각이라고 생각하지 않았다.

그는 이날까지 살아오면서 잘못 본다거나 착각 같은 것을 해본 적이 없다.

그는 이번에는 공력을 끌어올려서 천성여의를 눈앞에 가까이 대고 다시 한번 자세히 들여다보았으나 여전히 글씨가 보이지 않았다.

'그렇다면……'

그는 오른팔을 들어 비스듬히 허공으로 향하게 하고 약간의 공력을 주입했다.

그렇게 하면 천성여의에서 칠채보광이 뿜어지는데 그걸 자세히 보려는 것이다.

스우우…….

실내의 허공에 천성여의에서 뿜어진 예의 칠채보광이 아름답게 무지개처럼 피었다.

그러나 단지 그것뿐이다. 칠채보광 어디에도 글씨의 흔적 같은 것은 없다.

화운룡은 칠채보광을 위에서부터 한 줄씩 조금 더 밝게 빛나도록 시도해 보았다.

즉, 일곱 개 칠채가 아니라 한 줄 일체만 더욱 밝게 띄워보자는 것이다.

맨 윗줄은 붉은색 홍광이다. 그가 공력을 조절하자 홍광이 다른 여섯 개보다 한층 더 밝은 빛을 뿌리며 가로로 길게 늘어나기 시작했다.

그러고는 기적처럼 홍광 안에 몇 줄의 긴 가로의 글씨가 나
타났다.

'저거다!'

화운룡은 자신이 아까 언뜻 본 글씨가 바로 저것이라고 확
신했다.

가로의 글씨는 모두 다섯 줄이며 한 줄에 백 자 이상의 글
씨가 빼곡하게 나타났다.

글씨를 읽던 화운룡의 표정이 움찔 변했다.

시 같은 것이려니 여겼거늘 놀랍게도 그것은 무공구결이
었다. 천성여의에 무공구결이 적혀 있을 줄은 예상하지 못했
다.

솔천사가 준 천성여의에 무공구결이 새겨져 있다면 필경 천
중인계의 주인에게만 전해지는 필생의 절학일 터,

그는 일단 홍광 속에 나열된 다섯 줄의 글을 끝까지 읽은
후 그것을 외우기 위해서 두 번 더 읽었다.

실로 놀랄, 아니, 경악할 일이다.

화운룡이 면밀하게 살펴본 바에 의하면 천성여의에는 도합
일곱 개의 절학이 기록되어 있었다.

칠채(七彩) 일곱 개 색깔 모두에 글씨가 적혔으며 그것이 각
각 하나의 절학이었다.

또한 일곱 개의 절학에는 두 개의 공통점이 있는데, 하나는 일곱 개 모두 천성여의로만 전개해야 한다는 것이고, 또 하나는 일곱 절학들이 하나같이 개세적(蓋世的) 즉, 세상을 뒤덮을 정도의 어마어마한 무공이라는 사실이다.

그리고 마지막으로 가장 중요한 사실은 일곱 개 절학을 묶어서 하나로 전개할 수 있으며 그것이야말로 천중인계의 절대적인 진수(眞髓)라는 것이다. 일곱 개의 절학은 달리 이름이 없으며 구결에 자주 여의천(如意天)이라는 글귀가 나와서 화운룡은 여의칠천(如意七天)이라 부르기로 했다.

그리고 여의칠천을 다 합친 개세절학은 여의칠천을 합쳤다는 의미로 여의합천(如意合天)이라고 단순하게 정했다.

화운룡은 뜻하지 않게 옥봉을 그리워하다가 천중인계의 정종무학 여의칠천과 여의합천을 얻었다.

그래서 그는 이 절학들을 옥봉이 얻게 해주었다고 생각했다.

그날부터 화운룡은 연공실로 사용하고 있는 갑판 아래 선실에서 밖으로 나오지 않았다.

그는 사람들에게 자신을 방해하지 말라는 말도 하지 않은 채 여의칠천과 여의합천을 얻은 순간부터 두문불출하며 절학 연마에 몰두했다.

손설효와 선봉, 막화가 걱정이 되어 선실 문 밖에서 몇 번인가 그를 불렀지만 아무런 대답도 듣지 못했다.

그렇지만 그들은 화운룡이 잘못됐을 것이라는 생각 따위는 하지 않았다.

당금 천하에서 천여황을 제외하고는 그를 어떻게 할 수 있는 인물이 단 한 명도 없다고 해도 지나친 말이 아니다.

또한 그 자신이 선실 안에서 옥봉을 그리워한 나머지 처지를 비관하여 자살을 하거나 또는 주화입마에 들었을 가능성은 반 푼어치도 없다.

그러므로 결론은 그 스스로 어떤 목적을 갖고 폐관을 한 것이 분명하고, 그렇기 때문에 폐관을 끝내고 나오기 전까지는 아무도 그를 불러내거나 방해해서는 안 된다고 손설효와 선봉 등은 판단했다.

*　　　　*　　　　*

천진현에서 자아하 숭류인 심택현까지 이백여 리를 배로 가는 데 십이 일이 걸린다고 한다. 강을 거슬러 오르는 탓에 더 오래 걸린다는 것이다.

화운룡은 심택현을 이십여 리쯤 남겨놓은 십일 일째에 마침내 폐관을 끝내고 선실에서 나왔다.

끼이…….

선실 앞에 웅크리고 앉아서 무릎 위에 뺨을 얹은 채 쪽잠을 자고 있던 선봉이 문 여는 소리에 깜짝 놀라 고개를 들다가 화운룡을 발견했다.

"꺄악! 사부님!"

선봉은 발딱 일어나서 화운룡에게 달려들어 품에 안겨서 두 손으로 그의 등을 꼭 안고 울음을 터뜨렸다.

"얼마나 걱정했는지 아세요……?"

그렇게 말하는 선봉의 목소리가 몹시 떨리고 그녀가 흘린 눈물 때문에 화운룡의 앞섶이 금세 축축해졌다.

십일 일 동안 선봉, 손설효, 막화, 순진, 공상이 돌아가면서 선실 앞을 지켰는데 그중에서도 선봉이 가장 오래 자리를 지키고 있었다.

화운룡은 선봉의 등을 부드럽게 쓰다듬었다.

"미안하구나."

"다음부터는 그러지 마세요. 저 애타서 죽고 말 거예요."

"알았다."

이럴 때의 두 사람은 영락없는 할아버지와 손녀 같았다.

선봉의 비명 소리를 듣고 손설효와 막화 등이 우르르 달려내려왔다.

"주군!"

화운룡은 오랜만에 이들을 보니까 매우 반가웠다.

"심택현은 얼마나 가야 하느냐?"

"하루하고 한나절 더 가야 한대요."

손설효가 눈물을 글썽이면서도 기쁜 얼굴로 대답했다.

십일 일 동안 물 한 모금 마시지 않은 화운룡은 수척한 얼굴에 환한 미소를 지었다.

"그렇다면 지금부터 술을 마시자."

십일 일 동안 그를 가장 괴롭혔던 것은 술을 마시지 못한다는 것이었다.

십일 일 만에 술을 만난 화운룡은 요리에는 손도 대지 않고 술을 물처럼 마셔댔다.

"주군, 그동안 무얼 하신 거예요?"

화운룡이 술을 열 잔쯤 마셨을 때 모두가 몹시 궁금하게 여기는 것을 손설효가 물었다.

모두 조용히 화운룡을 주시했다.

"새 무공을 연마했다."

"아……."

그들은 화운룡이 무공 연마를 하느라 폐관했을 것이라는 자신들의 짐작이 맞자 더 큰 궁금증이 생겼다.

무공으로는 신의 경지에 도달한 화운룡이 과연 어떤 무공을 연마했을까 하는 것이다.

손설효가 선봉에게 물어보라고 눈짓을 했다. 손설효와 막화는 화운룡이 어떤 무공을 연마했는지 감히 물어볼 엄두를 못 내지만 선봉은 순진무구함이 극에 달한 성격이라서 그녀에게 시키는 것이다.

옆에 찰싹 붙어 앉은 선봉이 화운룡 잔에 술을 따르며 눈웃음을 쳤다.

"사부님께서 새로 연마하신 무공이 뭔가요?"

그녀는 원래 코 먹은 애교 가득한 목소리인데 이럴 때는 아예 뼈가 녹을 듯했다.

"여의칠천이라는 것이다."

그다지 비밀이라고 할 것도 없기에 화운룡은 선선히 대답해 주었다.

선봉은 눈을 반짝반짝 빛냈다.

"저에게 가르쳐 주실 건가요?"

그녀는 화운룡의 유일한 제자이기에 그렇게 말하는 것은 지나친 욕심이 아니다.

화운룡은 빙그레 미소 지었다.

"너는 배우지 못하는 무공이다."

"어째서요?"

하운룡은 오른손을 들어 올려 소매를 흘리내리게 히여 드러난 천성여의를 보여주었다.

"이것이 있어야 하기 때문이다."

이곳에 있는 다섯 사람은 화운룡이 오른 손목에 차고 있는 것이 장신구일 것이라고 짐작했었다.

"그게 뭔가요?"

"천성여의라는 것이다."

화운룡은 이들에게는 감추고 싶은 것이 없다. 그에게 남은 사람은 이들뿐이고 가족이라 여기기 때문이다.

"그게 뭐죠?"

다섯 사람 중에서 이렇게 꼬치꼬치 캐물을 수 있는 사람은 선봉 한 사람뿐이다.

그녀는 나이만 사십삼 세이지 철이 없는 데다 순수하기가 천하제일이다.

화운룡이 술을 한 잔 비우자 선봉이 맛있는 오리고기 한 점을 집어서 대기하고 있다가 그의 입에 넣어주었다.

"저는 그게 장신구인 줄 알았어요."

"이것은 사문의 신물이다."

"비룡은월문 문주의 신물인가요?"

"아니다."

화운룡은 잠시 말할까 말까 고민했다. 그러다가 물으면 대답하리라 마음먹었다.

그런데 선봉이 질문을 바꾸었다.

"그 천성여의로 여의칠천이라는 무공을 어떻게 전개하는 것인가요?"

"이것은 일종의 무기다."

"보고 싶어요. 어떤 무공인지……."

이런 식의 질문을 할 수 있는 유일한 사람인 선봉의 관심사는 화운룡의 사문보다는 그가 어떤 새로운 무공을 연마했는지였다.

사실 화운룡으로서도 여의칠천이 어떤 무공인지 보고 싶기는 마찬가지다.

좁은 선실에서 공력을 최소한으로 주입하여 십일 일 동안 연마한 결과가 어떤지 어느 누구보다 궁금했다.

화운룡은 술잔을 들고 주위를 둘러보았다.

마땅한 표적을 찾는데 자아하(子牙河)가 워낙 폭이 넓어서 주위에는 표적으로 삼을 만한 것이 없다.

"저기 바위를 맞혀보마."

문득 그가 손을 뻗어 강 건너를 가리키자 손설효가 쳐다보다가 물었다.

"강변의 검은 바위 말씀이신가요?"

배의 이 층 누대에서 강변의 검은 바위까지의 거리는 약 오십 장 정도일 것 같았다.

"아니다. 저 산 중턱에 있는 회백색 바위다."

산이라면 강변 뒤쪽에 삐죽삐죽한 봉우리들이 우후죽순처럼 우뚝 솟은 산을 말하는 것이다.

"저 산의 왼쪽 세 번째 봉우리 정상에서 아래로 이십오 장쯤에 커다란 바위가 있는데 그 바위 왼쪽으로 낫처럼 뻗어 나온 회백색 바위 말이다."

다섯 명은 화운룡이 말한 바위를 찾느라 공력을 끌어올려 안력을 한껏 돋우었다.

"아! 찾았어요. 바위 몸통 윗부분에서 왼쪽으로 뻗은 낫 모양 말씀이죠?"

삼백 년 공력의 선봉이 제일 먼저 찾아냈고 그다음에 이백삼십 년 공력의 손설효가 찾았다.

"맙소사… 저 바위까지는 못 잡아도 천이백 장 거리는 될 것 같은데……."

막화와 순진, 공상은 끝내 바위를 찾아내지 못했다. 그들의 능력으로 천이백 장 거리의 팔목 굵기 바위를 찾아내는 것은 아직 무리나.

손설효는 고개를 절레절레 가로저었다.

"아무리 주군이시라고 해도 천이백 장은 무리예요."

"나도 궁금하구나. 무리일지 어떨지."

화운룡은 마신 빈 잔을 내려놓으며 말했다.

"이것은 여의칠천 중에 세 번째인 여의삼천(如意三天)인데 달리 여의천궁(如意天弓)이라고 한다."

그러면서 오른팔을 들어 올리더니 까마득한 거리의 바위를 향해 쭉 뻗었다.

손목에 찬 천성여의가 낮게 울음을 흘렸다.

후우우…….

그러는가 싶더니 천성여의에서 먹빛의 새카만 선 하나가 손목 위로 둥실 떠오르고 갑자기 그것이 산을 향해 쏘아갔다.

고오오옷-

그것은 마치 먹빛의 화살 같았다.

선봉이 펄쩍 뛰며 손뼉을 쳤다.

"정확하게 맞았어요!"

그녀는 화운룡의 천성여의에서 여의천궁이 발사되자마자 정확하게 맞았다고 손뼉을 쳤다.

손설효는 낫 모양의 바위가 갑자기 잘라져서 떨어져 나가는 것을 보고 눈을 휘둥그렇게 떴다.

"말도 안 돼……."

그녀가 놀라는 이유는 세 가지다.

천이백여 장이나 먼 거리의 표적을 정확하게 맞혔다는 것과, 그렇게 먼 거리인데도 불구하고 삐뚝 굵기의 바위가 단번에 잘라질 정도의 대단한 위력이라는 것, 그리고 발사되는 순간 표적에 맞았다는 경이로운 쾌속함이다.

화운룡은 조금 의기양양해졌다.

"더 먼 것도 가능할 거야."

"세상에… 얼마나 먼 거리까지 가능할까요?"

"이천 장 정도?"

아무도 입을 열지 못하고 눈을 커다랗게 뜬 채 화운룡을 바라보기만 했다.

화운룡은 선봉에게 빈 잔을 내밀었다.

"이제 됐다. 지금부터는 술만 마시자."

그날도 고주망태가 된 화운룡은 선봉 품에 안겨 자면서 흐느껴 울었다.

그에게 여의칠천과 여의합천이라는 절대적 절학이 생겼다고 해서 아내 옥봉에 대한 사무치는 그리움이 사라지는 것은 아니었다.

그는 옥봉에 대한 그리움과 죄책감 때문에 술을 마시고, 그래서 만취하면 꿈속에서 고통받는 옥봉을 구하지 못하는 안타까움 때문에 흐느껴 우는 습관이 생겨 버렸다.

절강성 항주를 떠난 지 두 달여 만에 화운룡 일행이 탄 배는 심택현에 도착했다.

항주에서 심택현까지 뱃길로 육천여 리를 서둘지 않고 쉬엄쉬엄 왔기 때문이다.

화운룡은 변신한 모습으로 선봉, 손설효와 함께 심택현 거리로 나섰다.

심택현은 하북성 내에 있는 백여 개의 현 중에서 열 손가락 안에 꼽힐 정도로 크고 번화한 곳이라서 해룡상단의 상권이 이곳에도 단단히 뿌리를 내리고 있다.

화운룡은 구림육파 인물을 만나게 해줄 심택현 자아하 강변에 위치한 주루로 찾아갔다.

차륵…….

심택현에서 제일 크고 장사가 잘된다는 승예루(承禮樓)에 들어선 화운룡 일행을 점소이가 맞이했다.

"세 분이십니까?"

"루주에게 용 대인이 오셨다고 전해라."

손설효가 예의 냉랭한 얼굴과 목소리로 명령하듯이 말하자 점소이는 움찔 놀라더니 곧 공손하게 허리를 굽혔다.

"저를 따라오십시오."

점소이는 용 대인이 찾아올 것이라는 사실을 알고 있었던 것 같았다.

점소이는 화운룡 일행을 삼 층의 어느 방으로 안내하더니 안에 대고 고했다.

"루주, 용 대인께서 오셨습니다."

점소이의 말이 끝나기 무섭게 문이 왈칵 열리고 비단옷을 입은 오십 대의 중년인이 모습을 드러냈다.

"어서 오십시오."

중년인 즉, 루주는 이마가 바닥에 닿을 정도로 허리를 굽히고는 화운룡 등을 안으로 안내했다.

루주는 화운룡 등을 탁자 둘레에 앉히고 자신은 서서 공손히 두 손을 앞에 모았다.

"오래 걸리셨군요. 기다리고 있었습니다."

해룡상단 총단에서 심택현 지부로 전서구가 온 것이 두 달 전이었다.

전서구에는 용 대인이 갈 테니까 총단주를 대하듯 모시되 모든 지원을 아끼지 말라는 명령이 적혀 있었다.

"구림육파하고는 연락이 됐나요?"

"그쪽에서도 용 대인을 기다리고 있는 중입니다."

손설효의 물음에 루주는 즉시 대답했다.

"어느 정도의 인물이 나올 거죠?"

"대략 십오 위 정도의 인물입니다. 내전(內殿)에 속하는 강룡전(降龍殿) 전주입니다."

손설효가 눈살을 찌푸렸다.

"구림육파의 우두머리가 누군가요?"

"저는 구림육파에 대해서 잘 모릅니다."

해룡상단 휘하 일개 주루의 루주가 비밀조직인 구림육파에 대해서 알 리가 없다.

사실 그는 이번 일로 인해서 구림육파라는 것이 존재한다는 사실을 처음 알게 되었다.

"그럼 누가 알고 있죠?"

"본 단 심택지부의 무반장(武班長)이라면 알고 있을 겁니다. 그를 부를까요?"

"불러요."

해룡상단은 상권이 미치는 천하의 전 지역에 지부를 두어서 상단 휘하의 사업과 점포들을 관리하고 있다.

지부에는 무반이라는 별도 조직이 있으며 그곳에 호위무사들이 상주하여 각 사업과 점포들을 보호하고 있는데, 큰 지부는 호위고수 수가 삼, 사백 명이지만 심택현은 백 명 정도가 주둔하고 있다.

루주가 부른다는 무반장은 그 무반의 우두머리다.

화운룡은 한마디도 하지 않았다.

손설효와 선봉은 화운룡과의 심심상인을 통해서 그에 대해 모든 것을 알고 있으며 모르는 것이 없으므로 구태여 그가 나서지 않아도 된다

옥봉을 비롯한 비룡은월문의 가족들, 측근들에 대해서 알아내려고 하는데 구림육파 내에서 십오 위급 강룡전주라는 인물을 만나서는 별 소용이 없을 것이다.

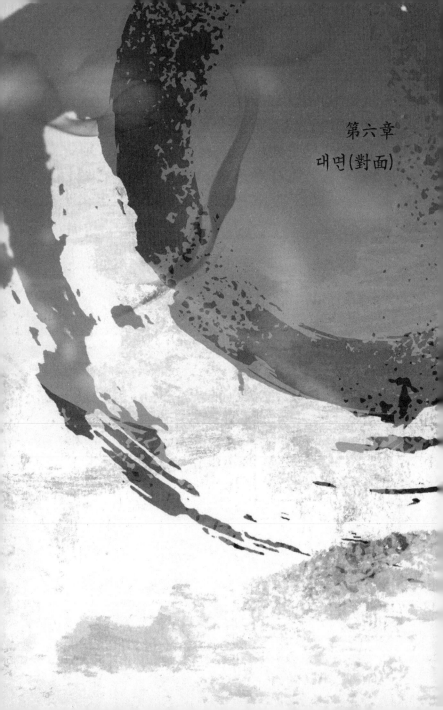

第六章

대면(對面)

　승예루주의 통보를 받은 심택지부 무반장은 반시진 만에 승예루에 나타났다.

　심택지부 내에서 무반장의 지위는 지부주와 부지부주 다음인 서열 삼 위라서 위세가 대단하지만 총단주의 특명을 받고 온 용 대인 앞에서는 디없이 공손했다.

　"매월 구림육파에 자금을 전달하는 일을 제가 전담하고 있습니다."

　자신을 황부원(黃富原)이라고 소개한 무반장이 뜻밖의 말을 꺼냈다.

"어떻게 말인가요?"

이번에도 손설효가 나섰다.

"북경 대륙전장에서 매월 금 삼십만 냥을 받아 와서 구림육파에 전달하고 있습니다."

"누구에게 전달하죠?"

"구림육파 내전 총전주입니다. 그는 서열 구 위라고 알고 있습니다."

"구림육파 우두머리는 누군가요?"

코밑과 입 주위에 짙고 짧은 수염을 기른 용맹한 인상의 황부원은 고개를 가로저었다.

"그것까지는 모르겠습니다. 제 역할은 자금을 전해주는 것뿐입니다."

손설효가 단단한 얼굴로 말했다.

"구림육파 내전 총전주를 만나서 우두머리를 이곳으로 오라고 전하세요."

"알겠습니다."

화운룡이 보기에 황부원은 시원시원하면서도 군말이 없고 끊고 맺음이 정확한 성격인 것 같았다.

손설효가 무슨 말을 하더라도 일체 토를 달지 않는 것이 그 좋은 예다.

"그들과 접촉하는 데 히루, 만나는 데 히루, 그래서 이틀 정도 기다리셔야 할 겁니다. 제 선에서 할 수 있는 최선이라는 것을 알아주십시오."

화운룡이 처음으로 입을 열었다.

"개방은 여전히 활동하고 있나?"

"그렇습니다."

"이곳에도 있는가?"

"개방 심택분타가 있습니다."

"분타주를 적당히 변장시켜서 이곳으로 데려오게."

황부원은 조금 긴장하는 표정을 지었다.

"개방 제자들은 아무나 오라 가라 하지 못합니다. 그들을 부르려면 부를 만한 뭔가 있어야 합니다."

손설효가 '뭔가'로 무엇이 필요하냐고 물으려는데 화운룡이 나섰다.

"우개(雨丐) 친구가 부른다고 하게."

황부원은 개방 삼장로 중에 이장로인 화풍우개와 절친한 인물들이 우개라고 부른다는 사실을 알지 못했다.

"그렇게 전하겠습니다."

역시 황부원은 이번에도 군말이 없고 토를 달지 않았다.

"개방 심택분타주를 먼저 부르고 구림육파 내전 총전주를 다음에 만나겠습니다."

"그렇게 하게."

황부원은 공손히 절하고 물러갔다.

황부원이 개방 심택분타주를 데리고 화운룡 앞에 다시 나
타난 것은 한 시진 후다.

심택분타주는 허름한 경장 차림인데 남의 옷을 빌려 입은
티가 많이 났다.

평생 개방 거지로 살다가 보통 사람들 같은 옷차림을 했으
니 어색한 데다 몸에서 거지 특유의 냄새까지 푹푹 났다.

대충 빗어 넘긴 기름 좔좔 흐르는 머리에 꾀죄죄한 세 가닥
수염을 기른 사십 대 심택분타주는 눈빛만큼은 날카롭기 이
를 데 없었다.

황부원이 화운룡에게 공손히 허리를 굽혔다.

"심택분타주입니다."

평소 같으면 개방 심택분타주는 황부원이 정면으로 쳐다보
는 것조차도 용납하지 않았을 것이다.

무림에서도 구파일방 중에서 쟁쟁한 개방의 분타주가 상
단의 호위무사 나부랭이는 무림인으로 여기지도 않기 때문이
다.

지금 심택분타주는 심기가 몹시 불편했다.

해룡상단 심택지부 무반장 따위가 감히 자신을 찾아와서
는 누군가 부르니끼 오라고 한 것도 그렇지만, 개방의 상징인

결의(結衣)를 벗고 보통 사람 옷으로 갈아입으라고까지 한 것이 심히 못마땅했다.

그렇지만 무반장의 한마디가 그를 꼼짝 못 하게 만들었다.

그를 부른 사람이 개방 삼장로 중에 이장로인 화풍우개의 친구라고 했기 때문이다.

그러나 심택분타주 상망개(喪亡丐)는 용 대인이라는 사람을 보는 순간 회심의 미소를 지었다.

저따위 새파란 애송이가 화풍우개의 친구일 리가 없다는 확신이 든 것이다.

"귀하가 날 불렀소?"

그래서 화운룡을 쳐다보는 눈빛이나 말투가 곱게 나갈 리가 없다.

화운룡은 차를 한 모금 마시고 나서 조용히 말문을 열었다.

"우개는 어디에 있나?"

"우라질!"

심택분타주 상망개의 입에서 참고 참았던 욕설이 터졌다.

"야! 이 자식아! 본 방의 이장로께서 네놈 친구라도 된다는 말이냐? 감히 이장로님 별명을 함부로 부르다니,"

펵!

"흐윽!"

순간 상망개는 가슴 한복판에 철퇴를 맞은 것 같은 묵직한 충격을 받고 뒤로 붕 날아가서 벽에 호되게 부딪쳤다가 바닥에 나뒹굴었다.

"끄으으……."

상망개는 바닥에 쓰러진 채 바들바들 떨면서 얼굴색이 시커멓게 변했다.

'끄으으… 수… 숨을 쉴 수가 없다……'

숨이 쉬어지지 않고 온몸이 이대로 해체되는 것 같은 극심한 고통이 휘몰아쳤다.

그 상태에서 쳐다보니 화운룡과 좌우에 있는 두 명의 여자는 얌전하게 앉아 있고 화운룡 뒤에 한 명의 청년은 공손한 자세로 시립하고 있다.

그래서 그들 중에 대체 누가 방금 전에 손을 썼는지 알아낼 수가 없다.

"일어나라."

그때 화운룡 왼쪽에 꼿꼿한 자세로 앉아 있는 갸름한 얼굴의 아름다운 여자가 차갑게 중얼거렸다.

숨을 쉴 수가 없으며 온몸이 부서질 것만 같은데 일어나라니 상망개는 죽는 한이 있어도 그러지 못할 것 같았다.

"그저 잠시 고통만 느끼게 해준 것뿐이니까 냉큼 일어나지 않으면 한 대 디 때려주겠디."

갸름한 여자 손설효가 손을 들어 올리자 상망개는 소스라치게 놀라서 후다닥 일어섰다.

"으허엇!"

그러고 나서야 그는 가슴이 조금 뻐근할 뿐이지 아무렇지도 않으며 숨도 제대로 쉴 수 있다는 사실을 깨닫고 망연자실놀라고 말았다.

"어… 떻게……."

손설효가 상망개의 말을 자르면서 싸늘한 목소리로 주의를 주었다.

"조금 전에 주군께서 무엇을 하문하셨는지 잘 생각해 보고 대답하기 바란다. 이번에도 헛소리를 지껄인다면 고통만이 아니라 아예 숨통을 끊어주겠다."

"……."

상망개는 조금 전 일장을 발출한 사람이 손설효라는 사실을 깨닫고 가슴이 서늘해졌다.

그는 그래도 일류고수 중에서도 중급 정도는 된다고 자부하는 터였지만, 누구에게 당한지도 모르는 일장에 허공을 날아갔다가 나동그라졌으니 심장이 콩알만 해지지 않을 수가 없다.

더구나 상대가 이제 겨우 딸뻘밖에 안 되는 솜털 보송보송한 여자아이고 보면 상망개는 그제야 상대가 범상치 않은, 아니, 어마어마한 존재라는 사실을 깨달았다.

그는 자세부터 공손히 했다.

"이… 장로께서는 이곳에 계시지 않습니다만……."

화운룡과 개방의 관계에 대해서 잘 알고 있는 손설효의 물음은 거침이 없다.

"구림육파에 있느냐?"

"그것은……."

상망개가 대답을 하지 못하고 쩔쩔매자 손설효는 아예 몇 걸음 더 앞질러 갔다.

"당장 우개를 불러와라. 아니, 그럴 것 없이 풍개(風丐)를 부르는 게 낫겠다."

개방주 신풍개를 풍개라고 부르는 인물은 무림에 손가락으로 꼽을 정도이며 소림사나 무당파, 화산파 같은 구파의 장문인 정도 돼야 가능하다.

그 말인즉 앞에 있는 용 대인이 구파의 장문인과 같은 배분이라는 뜻이다.

그러나 용 대인이라는 청년은 아무리 나이를 많이 먹었다고 해봐야 이제 겨우 이십오 세를 넘지 않았는데 어찌 그럴 수가 있다는 말인가.

그렇지만 상망개는 감히 아까처럼 발작하는 대신 공손한 기세로 물었다.

"실례지만 용 대인께선 누구십니까?"

"너 따위는 알 것 없다."

"음……."

"설사 풍개나 혜성신니라고 해도 주군 앞에서는 허리를 제대로 펴지 못할 텐데 감히 너 따위가 주군의 신분을 묻는다는 말이냐?"

상망개는 눈을 휘둥그렇게 뜨면서 놀랐다. 그는 아무리 생각을 해봐도 개방주 신풍개와 아미파 장문인 혜성신니를 허리조차 펴지 못하게 할 존재가 당금 천하에 존재한다는 사실을 믿을 수가 없다.

손설효는 자신이 이런 일 하나 제대로 처리하지 못하고 시간을 끌고 있다는 사실이 화운룡에게 죄스러워서 고개를 들지 못할 지경이다.

"자네 말이야."

그때 화운룡이 조용히 입을 열자 상망개는 화들짝 놀라서 급히 허리를 굽혔다.

"말씀하십시오."

"가서 풍개를 데려오라."

상망개는 어쩔 줄을 몰라 쩔쩔맸다.

"본 방의 방주께서 동네 강아지도 아니고… 아무나 오라고 하면 오시는 분이 아니라서……."

또다시 손설효가 발끈했다.

"이것들이 정말 보자 보자 하니까 방자함이 끝이 없구나!"

"죄송합니다……."

상망개는 자신이 어째서 저들에게 죄송해야 하는지도 모른 채 굽실거렸다.

마침내 손설효가 전가의 보도를 뽑아 들었다.

"반나절 안으로 신풍개를 이 앞에 대령하지 않으면 해룡상 단이 구림육파에 지원하고 있는 자금을 끊겠다."

"……."

상망개는 멍한 표정을 지었다. 손설효의 말을 알아듣지 못 했기 때문이다.

왜냐하면 그는 엄청난 규모의 구림육파에 누가 자금을 대 고 있는지 방금 전까지는 전혀 모르고 있었다.

이제 보니까 해룡상단에서 자금을 대고 있었다. 그런데 방 금 손설효가 상망개더러 신풍개를 불러오지 않으면 자금을 끊겠다고 말한 것이다.

상망개의 얼굴에서 핏기가 싹 사라졌다.

"알아들었으면 꺼져라."

"그… 그런 말씀은……."

"지금 당장 자금을 끊어줄까?"

해룡상단은 지난 일 년 육 개월 동안 구림육파에 매달 금

삼십만 냥이라는 어마어마한 자금을 지원해 왔었다.

그 자금 지원을 끊어버린다면 구림육파가 할 수 있는 일은 오직 하나, 해체뿐이다.

상망개는 저 앞에 앉아 있는 용 대인이 누군지는 모르지만 한 가지 사실만은 분명하게 알 수 있게 되었다.

그의 말 한마디에 구림육파의 사활이 달려 있다는 사실을 말이다.

상망개가 방을 나가고 난 뒤에 손설효가 황부원에게 말했다.

"구림육파 내전 총전주는 만나지 않아도 되겠다."

"알… 겠습니다."

정신이 하나도 없기로는 황부원도 상망개 못지않았다.

황부원은 개방주 신풍개, 아미파 장문인 혜성신니 같은 거물의 별호를 들어본 적이 있다.

그런데 조금 전 손설효의 말에 의하면 그런 대단한 거물들이 용 대인 앞에서 허리를 펴지 못할 정도라고 했다.

황부원은 아무리 생각해 봐도 그 정도로 어마어마한 인물이 존재한다는 사실이 믿어지지 않았다.

조금 전에 손설효가 그동안 구림육파에 지원해 오고 있는 자금을 끊어버리겠다고 엄포를 놨는데, 그 정도 실세라면 해룡상단의 총단주여야만 가능하다.

그러나 설사 용 대인이 해룡상단의 총단주라고 해도 신풍개와 혜성신니가 그 앞에서 허리를 펴지 못할 정도는 아닐 것이다.

그때 화운룡이 황부원에게 조용히 물었다.

"이곳 천외신계는 어떤가?"

"허엇!"

다른 생각을 하고 있던 황부원은 화들짝 놀라서 비명을 지르고는 급히 허리를 굽혔다.

"죄… 송합니다… 이곳 심택현은 평온합니다."

"천외신계가 사람들을 괴롭히지 않는가?"

"그렇습니다."

황부원은 생각할 것도 없다는 듯 즉답했다.

"그들이 원하는 대로만 따라주면 별문제 없습니다."

"따라주지 않는 자들은 소수의 무림인이겠군."

"그렇습니다. 백성들은 이제야 살맛 나는 세상이 왔다면서 춤을 추고 좋아합니다."

천외신계는 천하를 완벽하게 장악했으며 더구나 평화롭게 지배하고 있다.

그러면 됐지 뭘 어떻게 하겠는가.

예전에 해룡상단이 분석한 결과에 의하면 천하 즉, 대륙의

인구는 약 일억 사천만 명 정도라고 한다.

전체 무림인의 수가 칠십만 명쯤 되니까 무림인보다 백성의 수가 이백 배 정도 더 많다.

백성들을 평화롭고 행복하게 한다면 명나라든 천외신계든 상관이 없다.

무림인들이 마음껏 활개 치지 못한다고 제아무리 아우성 쳐 봐야 백성들을 이기지 못한다.

"무림인들은 어떤가?"

황부원의 즉답이 이어졌다.

"대다수 힘없는 무림인들은 예전보다 지금 세상이 더 좋다고 입을 모읍니다."

더구나 칠십만 명의 무림인들 중에서 대다수가 지금 세상이 더 좋다고 한다.

그것은 소수의 무림인들만 천외신계에 저항하여 구림육파니 화북대련 같은 것들을 만들어서 자기들만의 또 다른 방법으로 세상을 어지럽히고 있다.

회운룡은 고개를 끄떡였다.

"자네가 잘해주었다."

"별말씀을요."

"소원이 있는가?"

화운룡은 황부원을 잘 보았다. 저런 인물은 해룡상단에서 중책을 맡아도 쓰임이 클 테고 뭐든 잘 해낼 것이다.

*   *   *

소원이 있느냐는 말에 황부원은 움찔 놀랐으나 곧 공손히 대답했다.

"하나 있습니다."

"뭔가?"

"제게는 아내와 두 명의 자식, 제 명의로 된 작은 오두막이 있고, 매월 은자 닷 냥의 녹봉을 받고 있사온데 죽는 날까지 이것이 변함없는 것이 소원입니다."

"아내가 미인인가?"

황부원은 빙그레 미소 지었다.

"남들은 다들 아내더러 몸이 뚱뚱하고 얼굴이 넙데데하다고 말하는데 다 틀린 말입니다. 제 눈에는 천하절색입니다."

"그런가?"

화운룡은 황부원에게 좋은 지위나 많은 상금을 주려고 했던 것을 후회했다.

황부원은 그런 것 없이도 충분히 행복하고 외려 그런 것들이 있으면 불편해할 것 같았다.

"물러갔다가 신풍개가 오기 전에 다시 오게."

"편히 쉬십시오."

황부원은 공손히 읍하고 물러나 밖으로 나가 문을 닫았다.

복도를 걸어가던 그는 호방한 웃음소리를 들었다.

"핫핫핫핫핫!"

그는 깜짝 놀라서 돌아보았다. 웃음소리는 그가 방금 나온
방 안에서 터져 나오고 있었다.

"하하하하하! 괜찮은 남자가 아닌가!"

황부원은 빙그레 미소 지으며 다시 걸음을 옮겼다.

'천만의 말씀이십니다, 주군.'

황부원은 방금 나온 방에서 벌어진 놀라운 일들을 목격하
면서 점점 더 용 대인이 누군지 궁금해졌다.

그리고 마지막 순간에 용 대인이 상망개에게 구림육파에 지
원하는 자금줄을 끊을 수도 있다고 말했을 때 그가 누군지
알아차렸다.

'틀림없는 문주님 비룡공자이시다……!'

황부원은 비룡공자를 한 번도 본 적이 없었다. 다만 해룡상
단의 호위무사로서 비룡공자에 대한 눈부신 소문만 귀가 따
갑게 들었고, 그래서 무척이나 존경했었다.

세상 사람들은 비룡공자가 죽었다고 떠들지만 황부원은 아
무래도 방금 전에 그를 직접 본 것만 같았다.

"한곳에서 오래 머무르는 것은 좋지 않을 것 같아요."

손설효의 말에 일리가 있어서 화운룡은 승예루에서 나왔다.

화운룡이 주루 입구를 나서는데 마침 오고 있는 황부원과 마주쳤다.

"어딜 가십니까?"

손설효가 말했다.

"쉴 곳을 찾고 있다. 소개할 만한 곳이 있느냐?"

"제가 모시겠습니다."

이 사내 황부원은 어떤 상황에서도 단 한 번도 망설이거나 꾸물거리는 적이 없다.

"여긴 기루 아니냐?"

황부원이 안내한 곳은 조금 전에 나온 승예루에서 자아하 상류로 삼십여 장쯤 거리의 강변에 있는, 한 폭의 그림처럼 멋들어진 누각이다.

총 사 층이며 위로 오를수록 조금씩 좁아지는 형상이고 일 층의 둘레가 오십여 장에 이르는 제법 규모가 큰 기루였다.

손설효는 살짝 눈살을 찌푸렸다.

"왜 히필 기루인가?"

"혹시 소저께서는 안전하면서도 사람을 만나기 적당한 장소를 찾으십니까?"

"그렇다."

"그렇다면 바로 이곳입니다."

"어째서 그렇지?"

"첫째, 이곳에는 천외신계가 절대 오지 않습니다. 뇌물을 먹이고 있기 때문입니다. 둘째, 이곳의 사람들은 제 할 일이 바쁜 탓에 남에게 신경을 쓰지 않습니다. 셋째, 이곳은 본 단이 운영하기 때문에 돈이 들지 않습니다. 넷째, 위와 같은 이유로 행동이 자유롭고 비밀이 보장됩니다."

"……"

손설효는 말문이 막혔다.

"계속할까요?"

화운룡이 먼저 기루 안으로 걸음을 옮겼다.

"들어가자."

손설효가 뒤따르면서 황부원에게 물었다.

"너는 항상 즉답만을 하느냐?"

"그런 편입니다."

"어째서 그렇지? 곤란한 질문일 경우에는 고민하거나 갈등할 수도 있잖느냐?"

화운룡과 선봉은 안내를 받아서 뜨락을 지나고 있으며, 손설효와 황부원이 뒤따랐다.

"곤란한 질문을 받아본 적이 없습니다."

"한 번도?"

"한 번도 없습니다."

"신기하군. 어떻게 그 나이까지 살면서 곤란한 질문을 한 번도 받아보지 않았다는 거지?"

"누가 무엇인가를 물어보면 저는 항상 솔직하게 대답하기 때문인 것 같습니다."

"만약 적이 비밀을 물어보면?"

"입을 다물고 아무 말도 하지 않습니다."

"그래?"

"대답을 해야 할 경우에는 뭐든지 솔직하게 대답하기 때문에 무엇을 묻든지 막히지 않습니다. 그렇지만 매번 거짓말로 대답을 한다면 다음에도 거짓말로 대답을 해야 하기 때문에 자신이 한 거짓말들을 다 외워둬야 합니다. 그것은 불가능합니다. 자신이 살아오면서 했던 수많은 거짓말들을 어떻게 다 기억하겠습니까?"

"호오……."

손설효는 비로소 작게 감탄했다.

"뭐든지 솔직하게 대답한다는 말이지?"

"그렇습니다."

"유람선을 타실 것을 권해 드립니다."

황부원이 공손히 기루의 뒤편을 가리켰다. 그쪽에는 기루 전용 작은 포구와 여러 척의 유람선들이 있다.

이번에도 손설효가 물었다.

"이곳 강은 물살이 제법 세던데 유람선이 떠내려가는 일은 없을까?"

"강이 근처에 흩어져 있는 아담하고 아름다운 몇 개의 호수 들과 서로 연결되어 있어서 그것들 중에 한 곳으로 가면 좋을 것입니다."

"그런가?"

"자아하의 여름밤 경치는 일품입니다."

황부원의 말은 틀렸다. 자아하의 여름밤 경치는 일품 그 이 상이라서 황부원의 표현력이 부족했다.

그리고 유람선을 타고 자아하의 지류를 따라서 올라가다가 만닌 청석호(靑石湖)라는 아담한 호수는 보는 이들마다 경탄을 터뜨리게 만들었다.

그다지 깊지 않은 호수 바닥에 온통 푸른 청석이 깔려 있는 데, 신기한 것은 청석 자체가 발광(發光)을 하는 탓에 호수 전 체가 은은한 푸른빛에 감싸여 있다는 것이었다.

호수에 떠 있는 유람선이 마치 밤하늘 은하수 위에 둥둥 떠 있는 듯한 느낌이다.

그 청석호에 여러 척의 유람선들이 많은 손님들을 태우고 여기저기에 두둥실 떠서 풍악을 울리고 노래를 부르며 한창 주흥이 도도했다.

화운룡 일행이 탄 유람선은 아담해서 일 층과 이 층에 방이 다섯 개가 있다.

원래 유람선에 손님들을 가득 태우는데 오늘은 화운룡 일행이 통째로 전세를 내서 사용하는 중이다.

화운룡 등은 유람선 이 층 한가운데 방에서 술을 마시고 있으며 손님이 없기 때문에 사방의 벽을 터서 청석호의 밤경치를 고스란히 만끽했다.

황부원이 공손히 아뢰었다.

"상망개가 도착하면 이곳으로 연락이 오도록 조치를 취해두었습니다."

황부원도 탁자에 한 자리를 차지하고 앉아 있는 중이다.

화운룡은 술을 마실 때 어느 누구도 따로 서 있거나 홀대하지 않기에 황부원도 술자리에 낀 것이다.

화운룡은 평소에 사람들의 신분을 따지지 않지만 술자리에서는 더욱 그랬다.

황부워은 아까 주루에서 봤을 때 손섬효아 선붕, 마희 등이 화운룡을 몹시 공경하고 또 어려워하는 것을 봤었는데, 이곳에서의 그들은 아까하고는 전혀 다른 자유분방한 모습을 보여주고 있다.

더구나 황부원이 봤을 때 막화와 순진, 공상은 외모로나 행동하는 것으로나 가장 낮은 신분인 것 같은데 이 자리에서는 어느 누구의 눈치도 보지 않고 마음껏 내키는 대로 술을 마시면서 얘기하고 있다.

아무리 가식을 떤다고 해도 원래 술 마실 때나 취했을 때 보면 누구나 본성을 감추지 못하는 법인데, 그런 점에서 이런 대범한 술자리를 용인하고 있는 화운룡은 대인 중에서도 대인이 분명하다.

술이 취하니까 선봉이 황부원에게 농담을 건넸다.

"당신 아내가 예뻐요? 아니면 내가 예뻐요?"

그녀는 황부원이라는 사람에게 흥미가 많은 듯했다. 황부원이 요즘 세상에 드물게 보는 솔직담백한 성품이기 때문이다.

황부원의 대답은 망설임이 없다.

"아내가 예쁩니다."

선봉이 입술을 삐죽거렸다.

"피이… 내가 예쁘다고 말하고 싶어 하는 것 다 알아요. 솔직하게 말해요."

"아닙니다. 아내가 훨씬 예쁩니다. 외람된 말씀이지만 소저의 미모는 아내의 발끝에도 못 미칩니다."

황부원의 말에는 진심이 뚝뚝 묻어났다.

선봉은 눈을 동그랗게 떴다.

"정말인가요?"

"그렇습니다."

화운룡을 비롯한 다들 두 사람의 대화를 흥미 있게 들으면서 술을 마셨다.

"그렇다면 당신 아내가 나보다 어디가 얼마나 예쁜지 설명할 수 있나요?"

"물론입니다."

"말해보세요."

황부원은 의기양양했다.

"제 아내는 자식을 둘이나 낳았습니다. 그것도 잘생기고 씩씩한 아들과 꽃처럼 어여쁜 딸을 말입니다. 또한 그 아이들은 아내를 닮아서 무척 착할 뿐만 아니라 이날까지 무럭무럭 잘 자라고 속을 썩이지 않았습니다."

"좋겠군요."

선봉은 진심으로 기뻐해 주었다.

황부원은 신바람이 났다. 그는 가랑히는 것을 주체하지 못하는 것 같았다.

또한 그는 세상에서 아내 자랑하는 것을 최고의 기쁨으로 여기는 것이 분명하다.

"제 아내는 요리를 잘합니다. 그래서 저와 아이들은 한 번도 음식 투정을 해본 적이 없습니다. 그토록 싸고 흔한 재료로 어떻게 그다지도 맛있는 요리를 만들어낼 수 있는지 신기할 따름입니다."

선봉은 말끄러미 그를 바라보았다. 그녀의 눈빛은 '나도 그래요. 나도 아들과 딸 둘을 낳았으며 요리를 아주 잘해요'라고 말하고 있었다.

"아내에겐 형제자매가 아주 많은데 다들 매우 착하고 성실하며 저한테 아주 잘합니다. 처남과 처제, 처형들은 모두 근처에 사는데 그들이 모두 저희 집에 모여서 식사를 하거나 술을 마시며 놀 때가 가장 즐겁습니다."

"부러워요."

외동딸인 선봉으로선 이 대목에서 기가 죽을 수밖에 없고 부러울 수밖에 없다.

"그만할까요?"

선봉이 쓸쓸한 표정을 짓자 황부원이 조심스럽게 말했다.

그러자 손설효가 서슬이 퍼렇게 윽박질렀다.

"그만하면 죽는다."

"하하하! 알겠습니다!"

죽인다는데도 황부원은 호방하게 웃었다.

즐거운 얘기를 하는데도 화운룡은 시간이 흐를수록 옥봉이 더욱 그리워졌다.

대범한 성격의 황부원이지만 이 순간만큼은 놀라지 않을 재간이 없다.

개방주 신풍개와 아미파 장문인 혜성신니가 화운룡 앞에 동시에 나타난 것이다.

그런데도 화운룡 이하 선봉, 손설효. 심지어 막화와 순진, 공상까지 탁자에서 일어나지 않았으며 손에 쥐고 있는 술잔조차 내려놓지 않았다.

작은 쪽배를 타고 유람선으로 건너와서 한쪽에 나란히 서 있는 신풍개와 혜성신니는 화운룡을 뚫어지게 주시하고 있으며 표정이 돌처럼 굳어 있다.

만약 해룡상단이 구림육파에 대고 있는 자금을 끊겠다는 말을 하지 않았다면 신풍개와 혜성신니 같은 거물이 이곳에 나타났을 리가 없다.

신풍개와 혜성신니에게서 조금 떨어진 곳에 서 있는 상망개는 묘한 표정을 짓고 있다.

너희가 원하는 대로 내가 신풍개의 혜성신니를 모셔 왔으니 어디 두 분이 용 대인 면전에서 허리를 펴나 펴지 못하나 보겠다는 심산이다.

잠시 기다려도 아무 말이 없자 신풍개가 조금 곤혹스러운 표정을 지으며 말문을 열었다.

"귀하께서 자금에 대해서 말씀을 하셨다는데……."

화운룡은 쥐고 있는 술잔을 입안에 쏟아붓고는 두 사람에게 느긋이 말했다.

"앉아서 술이나 마십시다."

"……!"

"……!"

순간 신풍개와 혜성신니의 얼굴에서 핏기가 싹 사라지며 눈이 한껏 부릅떠졌다.

두 사람은 설사 죽어서 무덤 속에 묻힌다고 해도 화운룡의 청아하면서도 굵직한 특유의 목소리를 잊지 못할 것이다.

천하에서 그런 목소리는 오로지 한 사람만이 지니고 있다는 것을 두 사람은 잘 알고 있다.

신풍개가 경악과 기쁨이 뒤범벅된 표정으로 주춤 한 걸음 앞으로 나섰다.

"설마… 대협이십니까……?"

화운룡이 빙그레 엷은 미소를 지었다.

"오랜만이오."

"아아……."

신풍개의 얼굴이 더없는 기쁨으로 물들더니 갑자기 후드득 굵은 눈물이 쏟아졌다.

第七章

뿌린 사람이 거두어야 한다

　황부원과 상망개는 갑작스러운 상황에 크게 놀라고 있지만 신풍개가 눈물을 쏟자 아예 정신이 달아나 버렸다. 저 유명한 개방주 신풍개가 울고 있는 것이다.

　신풍개는 몸을 덜덜 떨더니 포권을 하고 깊숙이 허리를 굽히며 예를 표했다.

　"신풍개가 대협을 뵈옵니다……!"

　그의 목소리에 진득하게 울음기가 섞였으며 목소리가 와들와들 떨렸다.

　그때 혜성신니가 몸을 날려 화운룡에게 안기면서 울음을

터뜨렸다.

"으아앙! 대협!"

그녀는 아미파 장문인이기 전에 화운룡의 최측근이었던 명림의 친언니다.

뿐만 아니라 보진과 용봉호법대 열한 명 모두 아미파 제자들이었다.

혜성신니는 아미파의 장문인이며 명림의 친언니로서 죽은 줄 알았던 화운룡을 보게 되니까 감정이 복받쳐서 도저히 참을 수가 없었다.

화운룡은 엷은 미소를 지으며 혜성신니를 품에 안고 부드럽게 등을 쓰다듬었다.

"오랜만이오, 신니."

"흐어엉! 살아계셨군요… 살아계셨어요……."

혜성신니는 정말 어린아이처럼 울면서 화운룡의 품에서 몸부림까지 쳤다.

상망개는 비로소 화운룡이 누군지 깨달았다. 천하에 신풍개와 혜성신니를 이토록 격앙시킬 수 있는 인물은 오로지 한 사람뿐이기 때문이다.

'아아… 비… 룡공자셨어… 맙소사…….'

황부원은 심장이 터질 것 같고 온몸이 부들부들 떨려서 앉아 있기 못하고 일어섰다.

그는 용 대인이 비룡공자일 것이라고 짐작했으나 막상 사실로 드러나자 감격을 주체하지 못했다.

화운룡은 혜성신니가 품에 안겨서 어린아이처럼 울음을 터뜨리며 몸부림치자 자신도 모르게 명림과 운설, 장하문 등이 생각나서 콧등이 시큰해졌다.

"미안하오. 내가 그들을 지키지 못했어……."

"그렇지 않아요……! 당신이라도 살아계시니 얼마나 다행인지 몰라요… 이렇게 당신을 만나 뵐 줄은……."

혜성신니의 울음은 오랫동안 이어졌다.

화운룡으로서는 신풍개와 혜성신니에게 자신의 신분을 밝히지 않을 수가 없었다.

구림육파와 개방을 움직이려면 해룡상단의 능력만으로는 한계가 있기 때문이다.

술자리에 신풍개와 혜성신니가 가담하고 제 할 일을 끝낸 상망개는 돌아갔다.

상망개가 떠나기 전에 신풍개가 그에게 절대로 비룡공지에 대해서 입도 벙끗하지 말라고 주의를 주었다.

황부원은 이제부터 거물들이 중요한 대화를 나눌 것 같아서 슬며시 일어서려는데 화운룡이 그를 제지했다.

"자넨 그냥 있어도 된다."

황부원은 화운룡의 신임을 받은 것 같아서 기분이 날아갈 것만 같았다.

그러기는 막화나 순진, 공상도 마찬가지다. 그들은 자신들이 비로소 화운룡의 최측근이나 가족이 된 것 같아서 눈물이 날 만큼 기뻤다.

신풍개가 매우 중요한 내용을 얘기했다.

"그동안 본 방이 조사해 본 결과, 천외신계가 천하의 몇 개 은밀한 장소에 중요 인물들을 분산해서 보호하고 있는 것으로 추정하고 있습니다."

이런 중요한 자리에서도 손설효가 화운룡을 대신했다.

"중요 인물들이라는 것은 누구죠?"

신풍개는 처음 보는 손설효를 조금 경계하는 듯했다.

그때 아까부터 줄곧 손설효를 주시하고 있던 혜성신니가 눈을 빛냈다.

"아미타불… 시주는 혹시 효보보 아닌가요?"

혜성신니는 손설효가 사십 세쯤의 미래에 만났었는데 지금 그녀의 용모는 사십 세 때나 별반 다름이 없다.

손설효가 생긋 미소 지었다.

"맞아요, 상(祥) 언니."

"아아… 효보보야……"

손설효의 효보보는 그녀의 가족이나 절친한 사람들만 알고 있는 별명인데 혜성신니도 알고 있었다.

왜냐하면 혜성신니도 일전에 화운룡이 심심상인을 통해서 미래의 기억을 찾아주었기 때문이다.

미래에 구파일방은 무황성에 각각의 지부를 두고 있었으며 명림이 무황성 아미지부의 지부주를 맡았고, 무황성이 있는 낙양과 아미산이 가까운 탓에 장문인 혜성신니도 자주 무황성에 왔었기에 손설효를 잘 알고 있다.

원래 손설효는 명림, 운설과 친했으며, 명림의 속가 친언니인 혜성신니를 속명(俗名)인 명상(明祥)의 상 언니라고 부르면서 매우 친했었다.

혜성신니는 선봉이 자리를 양보해 준 덕택에 화운룡 왼쪽에 앉아 있었는데 화운룡 오른쪽에 앉아 있는 손설효의 손을 잡기 위해서 화운룡 앞으로 두 손을 뻗었다.

"효보보야, 그런데 어째서 아는 체를 하지 않았지?"

"그것보다 더 중요한 일이 있으니까요."

더 중요한 일이라는 것은 화운룡이 옥봉과 가족, 측근들에 대한 소식을 묻는 일이다.

한바탕 소요가 가라앉자 신풍개는 조금 전에 손설효가 물은 질문에 대해서 대답했다.

"무림만이 아니라 천하 각지 여러 방면에서 중요한 지위나 신분, 역할을 하던 사람들을 제압하여 몇 군데 은밀한 장소에 분산하여 격리했다는 것이오."

"뇌옥인가요?"

"그런 것 같지는 않소."

"그럼 뭐죠?"

신풍개는 고개를 모로 꼬면서 골똘한 표정을 지었다.

"일 년여 전에 본 방은 천외신계가 천하를 장악한 직후에 비찰림을 통해서 천하 곳곳에 은밀한 장소를 물색하는 징후를 포착했었소."

"그런데요?"

화운룡은 묻는 것을 손설효에게 맡기고 자신은 묵묵히 술을 마셨다.

이즈음의 신풍개는 손설효가 화운룡의 대리인이라는 사실을 알아차렸기에 대화에 신중을 기했다.

"이후 한 달도 지나지 않아서 천외신계가 천하에서 잡아들인 중요 인물들을 천하 각지로 보냈소."

"당신 말은 천외신계가 장소를 물색하고 중요 인물들을 그곳으로 보냈다는 뜻인가요?"

"그렇소. 그 간격이 한 달인데 그 안에 뇌옥 같은 것을 만들었을 리가 없다는 것이오. 그 한 달은 장소를 물색하기에도 빠듯한 시일이오."

"그것들이 뇌옥이 아니라면 무엇인가요?"

"아마도 도주할 가능성이 희박한 장소에 무림인들은 무공을 폐지하여 방목(放牧)하는 식으로 풀어놨을 것 같소."

"그곳에서만큼은 자유롭게 집을 짓고 농사를 지으며 알아서 살아가도록 말인가요?"

"일종의 유배(流配)가 아니겠소?"

"그렇군요."

손설효는 화운룡만큼 대화를 잘 이끌고 있다.

"하면, 당신은 그 장소들을 알고 있나요? 특히 주모와 주군의 가족, 측근들이 계실 만한 장소 말이에요."

이 대목에서 신풍개는 착잡한 표정을 지었다.

"본 방의 제자들을 동원해서 알아보았지만 그 장소들의 위치에 대해서는 한 군데도 알아내지 못했소. 다만 그곳들이 섬이 아닐까 짐작하고 있을 따름이오."

손설효는 별로 알아낸 것이 없어서 씁쓸한 표정으로 화운룡을 바라보았다.

화운룡이 선봉이 내민 술산을 받으며 신풍개에게 물었다.

"그런 추측을 하는 이유가 무엇이오?"

"본 방에는 천하의 중요한 인물들의 거의 모든 자료들이 있습니다. 그런데 그들의 시체를 어디에서도 발견하지 못했으며 생존자들의 여러 증언이 있었습니다."

"증언?"

"천외신계가 천하를 장악하는 과정에서 저항하는 세력들을 쳐부술 때 대부분의 고수들은 죽여서 시체를 불태웠으며 무림인이 아닌 사람들은 풀어주었으나 자신들이 중요하다고 판단한 인물들은 죽이지 않고 끌고 가는 광경을 목격했다는 생존자들의 증언이 잇따랐었습니다."

"음."

화운룡은 천외신계가 살려서 끌고 간 인물들이 어떤 종류인시 심작할 수 있을 것 같았다.

죽여 없애는 것보다 살려두어서 나중에 회유하여 요긴하게 쓸 수 있는 인물들일 것이다.

그런데 과연 천외신계가 요긴하게 쓸 만한 인물의 기준이 무엇인지 지금으로선 알 수가 없다.

어쨌든 비룡은월문에 있다가 풀려난 하북팽가의 팽현중, 팽소희 남매의 말에 의하면, 비룡은월문에서도 많은 인원이 죽지 않고 어디론가 끌려가는 광경을 목격했었다고 했다.

신풍개의 말대로라면 그렇게 끌려간 비룡은월문 사람들 중에서 중요한 사람들은 은밀한 곳으로 끌려갔을 것이고 무가치하며 무공을 모르는 사람들은 풀려났을 것이다.

그렇기 때문에 옥봉을 비롯한 가족들이 아직 생존했을 수도 있을 것이라고 한 가닥 희망을 품는 것이다.

"풍개가 날 좀 도와줘야겠소."

화운룡의 말에 신풍개는 고개를 숙였다.

"무엇이든 명령하십시오."

예전에 신풍개와 혜성신니는 화운룡에게 크나큰 은혜를 입은 적이 있었다.

화운룡의 마음을 움직여서 구림육파에 자금을 지원하도록 한 것은 말할 것도 없을뿐더러, 그가 신풍개와 혜성신니의 생사현관을 타통해서 공력을 두 배로 급증시켜 주었으니, 미상불 이런 엄청난 홍복을 입은 사람은 죽을 때까지 그 은혜를 잊지 못하는 법이다.

"아내와 가족을 찾아야겠소."

신풍개는 더없이 공손하게 말했다.

"하명하시면 사력을 다하겠습니다."

"저도 돕겠어요."

혜성신니가 결연한 표정으로 말하자 화운룡은 쓸쓸한 미소를 지으며 그녀를 응시했다.

그녀는 못 본 사이에 매우 수척해졌으며 눈기와 입가에 잔주름이 자글자글하게 생겼다.

"명상 그대, 올해 사십 세가 되었소?"

갑작스러운 물음에 혜성신니는 얼굴이 화끈해졌다.

"사십 세가 되면 당신을 도울 수 없는 건가요?"

화운룡은 손을 뻗어 혜성신니의 뺨을 어루만졌다.

"그대의 말만이라도 고맙소. 그러니 그대는 그냥 아무것도 하지 마시오."

"당신… 림아 때문에 그러시는 거죠?"

화운룡의 뺨이 씰룩거렸다.

"그대를 보면 명림이 생각나오. 명림은 나 때문에 죽었소. 그때 그녀를 알은척하지 말았어야 했는데… 다들 내 곁에 있다가 죽은 것이오."

혜성신니는 세차게 도리질했다.

"아니에요. 그렇지 않아요… 림아는 당신 곁에 있는 것을 무척이나 자랑스러워했고 또……"

혜성신니는 눈물을 흘려 화운룡의 손을 적셨다.

그녀는 다음 말을 하지 않았지만 눈빛으로 말했다.

'림아는 당신을 사랑했어요.'

화운룡은 고개를 끄떡였다.

"알고 있소."

명림의 곱고 우아한 용모는 언니인 혜성신니를 닮은 모양이다.

신풍개가 청천벽력 같은 말을 했다.

"개방은 구림육파에서 탈퇴할 깃입니다."

그는 예전에도 화운룡에게 공손했었지만 지금은 공손을 넘어서 화운룡에게 경외심을 갖고 있는 듯했다.

"소문이 사실이오?"

이번에는 손설효가 나서지 않았다.

"구림육파가 천외신계를 상대하지 않고 스스로의 안녕을 꾀하고 새로운 대문파를 탄생시키려 한다는 소문을 들으셨다면 맞습니다."

"그랬구려. 그렇게 된 이유가 무엇이오?"

"첫째, 천외신계와 싸워야 할 명문이 사라졌음을 들 수 있습니다."

천외신계가 천하만민 백성들을 평화롭게 만들었으며 대다수 무림인들을 만족시키고 있으므로 구림육파는 민중의 열렬한 지지를 얻지 못하고 있을 것이다.

"둘째, 그런 상황이지만 구림육파는 갈 곳이 없습니다. 개방을 제외한 구파는 이미 천외신계에 다 괴멸되었거나 장악됐기 때문입니다."

그는 한 차례 숨을 몰아쉬고 말을 이었다.

"그런데 어렵게 여러 문파와 뜻있는 군웅들이 모였는데 그것을 깨고 흩어지게 하자니 아깝기도 했습니다. 그래서 기왕지사 이렇게 된 것 이참에 아예 새로운 거대문파를 탄생시키자는 쪽으로 가닥이 잡힌 것 같습니다."

"후일을 도모하려는 생각은 없소?"

천외신계가 나중에 어떻게 나올지 모르는데 그때를 대비하지 않느냐는 말이다.

신풍개는 씁쓸한 표정을 지었다.

"딱히 그런 생각은 없는 것 같습니다."

신풍개는 매우 하기 어려운 세 번째이자 가장 중요한 마지막 이유를 꺼냈다.

"돈이 남아돕니다. 대협께서 지원해 주시는 자금이 너무 많아서 구림육파는 그걸 주체하지 못하고 있습니다. 이것저것 펑펑 쓰고 있는데도 매월 자금이 계속 쌓이니까 다른 생각을 품게 된 것입니다."

"그게 가장 중요한 이유인 것 같구려."

"그렇습니다."

"그래도 자금 지원은 끊지 않겠소."

다들 놀라는 표정으로 화운룡을 쳐다보았다. 신풍개가 이 정도까지 설명했으면 열 명 중에 열 명 모두 자금 지원을 끊어야 한다고 판단할 것이다.

그렇지만 화운룡은 달랐다. 그는 빈 잔을 선봉에게 내밀었다.

"대문파의 탄생이든 구림육파로 존속하든 나중에 천하를 위해서 크게 쓰인다면 그것으로 되지 않겠소?"

"만약 그런 일이 없다면 어쩝니까?"

"할 수 없는 것이오."

"음……."

신풍개와 혜성신니는 화운룡의 큰 뜻을 잘 알고 있다. 구림육파가 어떤 식으로 존재하든지 나중에 천하를 위해서 크게 쓰인다면 그로써 족하다는 것이다.

그 희박한 가능성을 위해서 매월 거금을 지원하는 일도 마다하지 않겠다는 것이다. 그런 결정은 화운룡 같은 대인만이 가능한 일이다.

*   *   *

혜성신니가 가만히 화운룡의 팔을 잡았다.

"본 파도 탈퇴할 생각이에요."

그녀는 불가인이지만 화운룡 앞에서는 불가인의 말투를 일체 사용하지 않았다.

그녀는 아스라한 눈빛으로 화운룡을 바라보있다.

"당신이 우리를 거두어주시지 않겠어요?"

화운룡은 일고의 가치도 없다는 듯 즉답했다.

"나는 그럴 형편이 못 되오."

혜성신니의 표정이 슬퍼졌다.

"그럼 우리는 어디로 갈까요?"

"갈 곳이 없소?"

"없어요. 전혀……."

그녀의 얼굴이 더욱 슬퍼져서 화운룡의 마음을 움직였다.

"내 말에 따르겠소?"

"무조건."

"두 가지 길이 있소."

"뭔가요?"

"해룡상단에 들어가 있든가, 아니면 화북대련에 가시오."

혜성신니는 생각할 것도 없다는 듯 대답했다.

"해룡상단에 가겠어요."

"천 년 전통의 아미파가 사라져선 안 되오. 해룡상단에서
은인자중하고 있다가 훗날 아미산에 복귀하시오."

혜성신니는 고분고분했다.

"그러겠어요. 하면 우리는 어디에 머물게 되나요?"

"강소성 장강 이남 지역에 예전 황산파와 모산파가 사용했
으나 지금은 비어 있는 도관(道館)이 있소. 그 두 곳의 규모가
얼추 아미산의 아미파 정도는 될 테니까 거길 사용하면 어떻
겠소?"

혜성신니는 커다란 눈을 깜빡거렸다.

"그래도 되는 건가요?"

"그대가 둘 중 하나를 고르면 거길 매입하겠소. 거기에서 새로운 문파를 개파하시오. 물론 알맹이는 아미파를 유지하겠지만 말이오."

혜성신니는 눈을 반짝였다.

"새로운 비구니 문파가 되겠군요."

"해룡상단에서 자금을 지원하고 아미파가 필요로 하는 모든 것들을 지원하겠소."

그녀는 두 손으로 그의 팔을 잡았다.

"당신이 문파명을 지어주세요."

"상림파(祥琳派)가 어떻소?"

"그게 무슨……."

"명상의 '상'과 명림의 '림'이오."

"아……."

혜성신니는 화운룡이 자신의 속명 명상과 친동생 명림의 이름을 따서 상림파라고 지어준 문파명에 크게 감동하여 바르르 몸을 떨었다.

"당신은 무엇이든시 나 해결해 주시는군요. 림아가 어째서 입에 침이 마르도록 당신을 칭찬했는지 이제야 겨우 조금 알 것 같아요."

술 마시고 있던 손설효의 몸이 갑자기 번쩍 허공으로 비스

듬히 솟구쳤다.

신풍개와 혜성신니는 손설효의 갑작스러운 행동에 흠칫 놀라 급히 눈으로 그녀를 좇았다.

화운룡은 자신들을 염탐하는 인물이 있다는 사실을 꽤 오래전부터 간파했었다.

감시자는 화운룡 등이 타고 있는 유람선에서 십 장쯤 떨어진 곳에 떠 있는 다른 기루의 유람선에 있었다.

그 유람선 이 층의 어느 방에서 이쪽을 주시하고 있는 한 인물이 바로 감시자다.

그 유람선의 대다수의 방에서는 손님들이 기녀들과 함께 웃고 떠들면서 술을 마시고 있는데 그자만 혼자서 뚫어지게 이쪽을 주시하고 있다.

물론 감시자의 앞 탁자에는 술과 요리가 놓여 있으며 기녀도 한 명 있지만 서로 한마디도 나누지 않고 술은 기녀 혼자서만 마시고 있다.

화운룡은 지금쯤 그자를 제압할 때가 됐다고 판단하여 손설효를 보냈다.

"허엇?"

그자는 감시하고 있는 유람선에서 갑자기 손설효가 솟구쳐서 자신을 향해 쏘아오자 크게 놀랐다.

감시자는 실로 십여 장이나 되는 거리를 손설효가 단번에 날아올 것이라고는 생각하지 않았다.

그렇지만 손설효는 감시자를 비웃기라도 하듯 포물선도 아니고 직선으로 감시자를 향해 내리꽂혔다.

감시자는 크게 당황해서 급히 주위를 둘러보지만 유람선에서 도망칠 곳이라곤 호수에 뛰어드는 것뿐이라서 도주를 포기하고 대신 어깨에서 검을 뽑았다.

차앙!

신풍개와 혜성신니는 손설효가 공격해 가고 있는 자가 여태까지 자신들을 감시하고 있었다는 사실을 그제야 알아차리고 기분이 참담해졌다.

손설효의 행동이 아니었으면 감시자가 있다는 사실을 전혀 모르고 있었을 것이다.

그렇다면 필경 구림육파의 다른 문파 즉, 개방과 아미파를 제외한 문파의 누군가가 감시자를 보냈을 테고, 신풍개와 혜성신니 정도를 감시하려면 못해도 일류고수 중급 이상의 감시자를 보냈을 것이다.

크게 당황한 감시자는 일어나서 검을 움켜쥐고 비장한 표정을 지으며 손설효를 쏘아보고 있지만 야속하게도 그에게는 단 한 번의 공격할 기회도 주어지지 않았다.

후우웅!

빛처럼 내리꽂히고 있는 손설효가 느릿한 동작으로 오른손을 내밀자 묵직한 음향과 함께 세 가닥의 항룡지가 뿜어졌기 때문이다.

감시자는 흐릿한 푸른 지풍 세 줄기가 뿜어지자 움찔 놀라서 주춤주춤 물러서다가 피하거나 손쓸 겨를도 없이 적중당하여 마혈이 제압되고 말았다.

파파팍!

"흑……."

손설효는 유람선에 살짝 내려서는가 싶더니 감시자의 뒷덜미를 잡고는 다시 화운룡이 있는 유람선으로 돌아오는데 실로 깨끗한 솜씨다.

그녀가 몸을 날렸다가 다시 돌아온 시간은 길어봐야 다섯 호흡이 채 지나지 않았다.

그녀가 잔뜩 겁먹은 얼굴의 감시자를 탁자 옆 바닥에 앉히자 신풍개가 그를 보더니 미간을 좁혔다.

"이자를 알고 있습니다. 청성파 이장로 소운자(素雲子)의 제자입니다."

혜성신니가 걱정스러운 얼굴로 말했다.

"우리가 하는 말을 다 들었을 텐데 어쩌면 좋죠?"

지금까지 화운룡 등은 육성으로 대화했기 때문에 십 장 거리에서 일류고수가 귀를 기울이면 한마디도 빼놓지 않고 다 들었을 것이다.

신풍개가 얼굴을 보기 싫게 찌푸렸다.

"소운자가 우릴 감시하다니……"

그는 감시자에게 손을 뻗었다.

"이자를 죽이는 수밖에 없습니다."

감시자의 얼굴이 해쓱해졌지만 혈도가 제압된 터라 말은 하지 못하고 몸을 후드득 떨었다.

그러나 감시자를 죽이게 되면 신풍개와 혜성신니가 곤란한 지경에 처하게 될 터이다.

"놔두시오."

화운룡이 그를 만류했다.

"어쩌시려는 겁니까?"

그때 바닥에 앉아 있는 감시자의 얼굴과 상체에서 무언가에 가볍게 두들겨 맞는 듯한 소리가 터졌다.

파파파파파…….

화운룡이 무형지기를 발출하여 감시자의 얼굴과 상체의 혈도들을 제압한 것이다.

신풍개와 혜성신니는 급히 화운룡을 쳐다보았지만 그는 손에 술잔을 쥔 채 가만히 앉아 있을 뿐이다. 화운룡 정도 초극고수라면 무형지기를 발출하기 위해서 구태여 손을 쓸 필요가 없다.

감시자는 방금 전까지 안색이 해쓱하여 초조한 표정이었으나 지금은 그저 담담한 모습이다.

화운룡이 손설효에게 조용한 목소리로 말했다.

"효보보야, 저자가 할 일을 알려주어라."

"네, 주군."

손설효는 화운룡의 잠혼백령술로 인해서 심지가 제압된 감시자에게 그가 구림육파 소운자에게 돌아가서 어떻게 보고를 해야 하는지에 대해서 알려주었다.

이곳에서 들었던 대화 내용은 다 잊어버리고, 그 대신 신풍개와 혜성신니가 해룡상단에서 온 매우 높은 지위의 인물에게 잘 말해서 해룡상단에서의 자금 지원은 계속 유지되는 것으로 결말이 났다고 둘러대게 했다.

그 정도면 감시자를 보낸 청성파 소운자도 만족할 터이다.

설명을 끝낸 손설효가 감시자에게 명령했다.

"일어나라."

감시자는 즉시 일어섰다.

손설효는 감시자의 팔을 잡고 번쩍 신형을 날려 그가 탔던 유람선에 데려다주고는 다시 돌아왔다.

아까부터 어리둥절한 표정을 짓고 있던 신풍개가 손설효에게 물었다.

"어떻게 한 것이오?"

"주군께서 저자를 잠혼백령술이라는 수법으로 제압했어요.

이제부터 저자는 주군께서 해혈해 주시기 전에는 오늘 일에
대해서 일러준 것만 알고 있을 거예요. 소운자에게 가서 그렇
게 보고를 하겠지요."

"독이나 약을 쓰지 않고도 심지를 제압하는 것이 가능하다
는 말이오?"

"그래요."

신풍개는 고개를 절레절레 가로저었다.

"그런 수법이 있다는 것은 들어본 적도 없소."

손설효가 화운룡을 보며 방긋 웃었다.

"주군, 이 사람이 믿지 못하는군요?"

그게 신풍개가 마지막으로 들은 말이었다.

"……."

신풍개는 마치 앉은 채로 깜빡 졸았다가 정신을 차린 것 같
은 기분이 들었다.

그런데 무슨 일이 있었는지 모두들 큰 소리를 내서 웃고 있
으며, 선봉 같은 경우에는 숨넘어기게 깔깔거리고 웃으면시 빅
수까지 치고 있다. 더구나 화운룡마저도 빙그레 엷은 미소를
짓고 있다.

신풍개는 자신만 모르는 무슨 일이 있었던 것 같은 기분이
들어서 혜성신니에게 넌지시 물었다.

"신니, 무슨 일이 있었소?"

혜성신니는 얼굴이 빨개져서 손으로 입을 가리고 웃느라고
정신이 없다.

"호호홋! 아유… 풍개 시주가 그럴 줄은 몰랐어요……!"

신풍개는 어리둥절했다.

"내가 뭘 어쨌다는 말이오?"

"몰라요… 빈니한테 묻지 말아요."

신풍개는 영문을 몰라서 어리둥절하다가 웃고 있는 황부원
에게 물었다.

"자네, 무슨 일이 있었는지 말해주겠나?"

신풍개는 매월 구림육파에 자금을 전해주는 황부원을 잘
알고 있었다.

황부원은 웃으면서 설명해 주었다.

"조금 전에 방주께서 신니가 천하에서 제일 아름답다고 말
씀하셨습니다."

"내… 내가 말인가?"

신풍개는 소스라치게 놀랐다. 그것은 평소 그가 마음속에
만 품고 있던 생각이었기 때문이다.

"그리고 또 방주께서 신니를 죽도록 사랑하고 있다고 말씀
하셨습니다."

신풍개는 너무 놀라서 목이 콱 막혔다.

"그… 그게 무슨……."

"그래서 정말 신니를 사랑한다면 개가 짖는 소리로 사랑한다는 말을 해보라고 저분 소저께서 시키니까 정말 멋들어진 개 소리를 내셨습니다. 하하하!"

"……."

선봉이 손으로 탁자를 두드리며 웃었다.

"아하하하! 그건 수캐가 암캐의 사랑을 얻으려고 구슬프게 목 놓아 우는 개 소리와 똑같았어요……!"

신풍개의 얼굴이 하얗게 질리는데 반대로 사람들은 와아! 하고 다시 웃음을 터뜨렸다.

신풍개는 머릿속이 하얘지면서 아무 생각도 들지 않았다. 평생 이렇게 당황하고 절망하기는 처음이다.

사실 그는 평소에 혜성신니를 몹시 흠모하고 있으며 그녀가 불가인이라는 사실을 몹시 안타깝게 여겼었다.

그런데 어찌 된 일인지 그런 흉중에 품고 있는 사실을 이곳에서 고백했다는 것이다.

더구나 개 짖는 소리로 고백을 했더니… 미치지 않고서야 어떻게 그럴 수가 있다는 말인가.

그의 개 소리 고백을 들은 혜성신니는 부끄럽고 망측해서 얼굴을 붉히면서도 웃음을 참지 못하는 모습이다.

이제 앞으로 혜성신니 얼굴을 어떻게 볼지 신풍개로서는

그저 죽고 싶은 심정이다.

그러다가 신풍개는 문득 조금 전에 깜빡 잠이 든 것 같은 느낌이 들었던 기억이 떠올랐다.

그리고 그 일이 있기 전의 마지막 기억 속 어떤 말이 연이어서 떠올랐다.

"주군, 이 사람이 믿지 못하는군요?"

신풍개가 화운룡이 전개한 잠혼백령술이라는 수법에 대해서 의구심을 보이니까 손설효가 했던 말이었는데, 그 말이 몹시 께름칙했다.

'설마······.'

신풍개가 쳐다보니까 화운룡은 빙그레 미소만 짓고 있다.

"대협, 설마 저에게······."

화운룡이 고개를 끄떡였다.

"믿지 못하니까 풍개에게 잠혼백령술을 시전해 봤소."

'맙소사······.'

신풍개는 아연실색해서 얼굴이 노래졌다가 급히 화운룡에게 전음을 보냈다.

[대협, 제발 신니에게 그걸 시전해서 조금 전에 제가 했던 말을 잊도록 해주십시오. 부탁합니다.]

화운룡이 혜성신니에게 넌지시 말했다.

"풍개가 그대에게 잠혼……."

"대협! 정녕 저 죽는 꼴을 보고 싶으십니까?"

신풍개가 벌떡 일어나서 비명을 질렀다.

"이러지 마십시오, 대협! 사람이 죽으려면 정말 우습게 죽는 겁니다! 아시겠습니까? 대협!"

신풍개는 애원이 안 통하니까 아예 협박을 했다.

화운룡은 신풍개의 심정이 어떻다는 것을 짐작했다.

"알겠소. 풍개의 요구대로 신니의 기억을 지워주겠소."

신풍개는 소스라치게 놀라 부르짖었다.

"아… 아니, 그걸 말씀하시면 어떻게 합니까?"

"괜찮소. 잠혼백령술에 걸리면 어차피 이런 말조차도 다 잊을 테니까."

"아……."

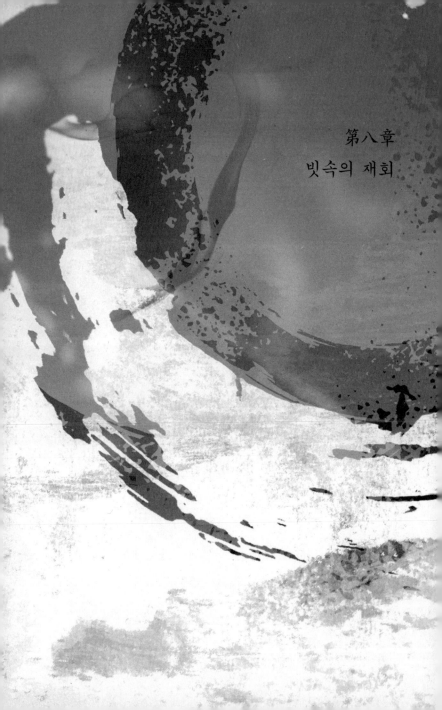

第八章
빗속의 재회

혜성신니는 지금 돌아가는 분위기로 화운룡이 자신에게 잠혼백령술을 전개할 것 같다는 생각이 들자 얼굴이 새파랗게 질려서 부르짖었다.

"당신, 절대로 저한테 그런 짓을 하면 안 돼요!"

화운룡은 난감한 표정을 지었다.

"저러는데 어떻게 하면 좋겠소?"

신풍개는 아예 대놓고 절규를 했다.

"대협께서 뿌린 씨앗이니까 대협께서 해결해야 마땅합니다! 아니면 지금 이 자리에서 제가 죽는 꼴을 보시게 될 겁니다!

어떻게 하시겠습니까?"

화운룡은 신풍개의 심정을 충분히 이해했다. 그가 신풍개라고 해도 같은 심정일 것이다. 손설효 말을 듣고 괜한 짓을 했다는 생각이 들기도 했다.

혜성신니는 화운룡이 난감한 표정으로 자신을 쳐다보자 두 팔로 그의 팔을 가슴에 꼭 안고 외쳤다.

"잠혼백령술이라는 것에 제압되어 제정신이 아닌 상태의 제 모습을 상상조차 할 수가 없어요! 그런 꼴을 당하느니 차라리 죽을 거예요! 당신, 저한테 그런 짓을 하기만 해봐요! 죽어서 원귀가 돼서도 당신을 원망할 거예요! 림아를 생각하신다면 저한테 절대로 그래서는 안 돼요!"

얼마나 다급한지 그녀는 명림까지 들먹였다.

절규를 하는 것은 신풍개와 혜성신니가 똑같았다. 화운룡으로서는 어느 쪽으로도 마음이 기울어지지 않았다.

화운룡은 자신의 팔이 혜성신니의 가슴에 안겨 있는 것을 보고 한 가지 좋은 방법을 생각해 냈다.

역심지공(逆心志功)을 전개하는 것이다. 심지공이 내 마음과 생각을 상대에게 전하는 것이라고 한다면, 그것을 반대로 전개하면 상대의 마음과 생각을 읽을 수가 있다. 그것이 역심지공이다.

신지공은 전개하려면 상대의 가슴이 내 몸의 일부분이라도 닿아야 하는데 지금이 딱 좋은 기회다.

화운룡은 혜성신니가 잠혼백령술에 당하지 않겠다고 정도 이상으로 반발하는 것이 이상해서 그녀의 진짜 내심을 읽어 보려는 것이다.

"……."

화운룡이 혜성신니에 대한 역심지공을 끝내고 빙그레 미소 짓는 모습을 발견한 혜성신니는 가슴이 철렁 내려앉아서 떨리는 목소리로 말했다.

"당신… 저한테 무슨 짓을 하셨나요?"

화운룡의 미소가 조금 더 짙어졌다.

"한 것 같소?"

혜성신니는 눈을 깜빡거리면서 화운룡과 신풍개, 주위 사람들을 둘러보면서 조금 전까지의 기억들을 돌이켜 보았으나 모두 또렷한 것을 확인했다.

그제야 그녀는 자신이 잠혼백령술에 제압되지는 않은 것 같아서 안심했다.

"하지 않으셨어요."

화운룡은 신풍개에게 짧은 전음을 보냈다.

[축하하오, 풍개.]

신풍개는 어리둥절한 표정을 지었다.

[내가 신니의 마음을 읽었소.]

신풍개는 움찔 놀라더니 바짝 긴장한 표정을 지었다.

[어떤······.]

[신니는 풍개를 사랑하고 있소.]

[······.]

[그녀는 조만간 아미파 장문인 자리를 물려주고 속인이 될 계획을 하고 있소. 그 이유가 무엇인 것 같소?]

신풍개가 뒤통수를 얻어맞은 것처럼 멍한 표정을 짓더니 잠시 후 얼굴이 온통 햇살처럼 빛났다.

화운룡이 혜성신니의 내심을 읽었다면 틀림없을 것이다.

신풍개와 혜성신니는 오래전부터 실과 바늘처럼 붙어서 다녔으니 남녀의 감정이 생기지 않으면 그것이 오히려 더 이상한 일이다.

신풍개가 갑자기 헤벌쭉 웃었다.

"으헛헛헛!"

방금 전까지만 해도 혜성신니에게 잠혼백령술을 전개해서 기억을 지워주지 않으면 죽겠다면서 애걸 반 협박 반 절규를 하던 그가 갑자기 흡족하게 웃으니 중인은 어리둥절한 표정을 지었다.

그중에서도 혜성신니는 왠지 가슴이 철렁해서 조심스럽게 화운룡을 바라보았다.

"당신··· 저한테 무슨 짓을 하셨군요······?"

"신니가 나를 이렇게 꼭 붙잡고 있는데 어떻게 무슨 짓인들 할 수 있겠소?"

화운룡이 능청을 부렸지만 혜성신니는 믿을 수 없다는 표정을 풀지 않았다.

왜냐하면 신풍개가 시간이 지날수록 점점 더 심하게 싱글벙글하고 있기 때문이다.

혜성신니는 불안해서 죽을 지경이다.

화운룡이 연신 싱글벙글하고 있는 신풍개에게 물었다.

"개방은 어떻게 할 계획이오?"

"딱히 어떻게 하겠다는 계획이 없습니다. 다만 한시바삐 수렁에서 벗어나고 싶을 뿐입니다."

신풍개는 구림육파를 수렁이라고 표현했다. 그러면서도 그는 시종 웃음을 잃지 않았다.

"화북대련에 합류하는 것은 어떻소?"

신풍개는 조금 반색했다.

"화북대련을 아십니까?"

"조금 아오."

손설효가 설명했다.

"오는 길에 하북팽가의 팽일강 가족과 예전 균천보의 자식인 전걸, 전송을 주군께서 구해주셨어요."

"아……."

화운룡이 고개를 끄떡였다.

"내가 화북대련의 뒤를 봐주기로 했소."

"그러십니까? 그렇다면 본 방은 구림육파에서 탈퇴하는 즉시 화북대련으로 가겠습니다."

화운룡은 신풍개가 생각할 것도 없다는 듯이 빠른 결정을 내린 것이 꼭 자신이 화북대련으로 가라고 권했기 때문인 것만은 아니라는 생각이 들었다.

"풍개가 알고 있는 화북대련은 어떤 조직이오?"

"샘물입니다."

"샘물? 신선하다는 것이오?"

"하하하! 단번에 간파하시는군요! 그렇습니다. 화북대련은 천여 명 정도의 군웅이 모였는데 그중에 팔백여 명이 이삼십 대 청년층입니다."

"그렇소?"

"반면에 구림육파는 절반이 사십 대 이상입니다. 오십 대와 육십 대가 삼 할을 차지합니다."

신풍개의 말뜻은 무조건 젊은 사람이 좋으며 나이 많은 사람이 싫다는 단순한 논리가 아니라 함축적인 여러 의미가 담겨 있었다.

구림육파가 투쟁을 꺼리고 자꾸만 편안해지려고 하는 의도와 화북대련이 천외신계하고는 세불양립 절대로 공존할 수 없다고 투쟁 의식을 고조하는 것에는 나이 든 사람들과 청년들의 생각의 차이가 분명히 있는 것이다. 신풍개는 그걸 말하고 싶은 것이다.

말하자면 구림육파는 물이 한곳에 오래 고여서 썩어가고 있는 반면에 화북대련은 새로운 시각과 시도를 끊임없이 행하는 신선한 샘물이라는 것이다.

"대협께선 화북대련을 이끌고 있는 련주(聯主)가 누군지 아십니까?"

"누구요?"

신풍개는 의연한 표정을 지었다.

"청룡전도(靑龍電刀)와 주작운검(朱雀雲劍)입니다."

혜성신니가 깜짝 놀랐다.

"그게 정말인가요?"

"그렇소."

혜성신니는 적잖이 놀라서 중얼거렸다.

"아아… 당금 무림의 후기지수 중에서 단연 최강자로 꼽히는 청룡전도와 주작운검이 화북대련의 련주였을 줄이야. 상상도 하지 못했어요."

화운룡은 청룡전도와 주작운검에 대한 설명을 혜성신니의 말만으로도 충분히 이해했다.

그렇지만 그는 청룡전도와 주작운검이라는 별호가 시사하고 있는 어떤 의미 때문에 초연할 수가 없다.

사신천가에는 청룡전가와 백호뇌가, 주작운가, 현무벽가 네 가문이 있다.

화북대련의 련주 청룡전도는 청룡전가라는 가문에서 별호를 따온 것 같고, 주작운검은 주작운가와 비슷한 이름이라면 지나친 억지인가?

만약 화북대련의 련주라는 청룡전도와 주작운검이 청룡전가와 주작운가 사람이라면 이것은 문제가 된다. 화운룡으로서도 좌시할 수 없는 일이다.

사신천제인 화운룡의 허락 없이 사신천가 사람이 마음대로 세상에 나와서 행동을 하고 있기 때문이다.

그러나 화운룡은 잠시 생각에 잠겼다가 고개를 저으며 씁쓸한 표정을 지었다.

'아니다. 내가 하지 못하는 일을 그들이 하는 것인데 구태여 따질 일이 무에 있겠는가?'

그가 고개를 젓는 것을 보고 신풍개가 물었다.

"왜 그러십니까? 화북대련주를 아십니까?"

"알 수도 있을 것 같은데 상관하지 않겠소."

"그게 무슨……."

화운룡은 화제를 바꾸었다.

"부탁할 것이 하나 있소."

신풍개는 즉시 공손한 자세를 취했다.

"하명하십시오."

그는 혜성신니의 속마음을 알게 된 이후에 세상을 다 가진 것처럼 기분이 좋아져서 연신 싱글벙글이다.

"천외신계 동초후라는 자가 있는 곳을 알아주시오."

"알아볼 것도 없습니다."

신풍개는 고개를 저었다.

"무슨 뜻이오?"

"그자는 천외신계의 중원총독(中原總督)입니다. 정식 명칭은 대천신중원오국총독(大天神中原五國總督)인데 줄여서 중원총독 이라고 부릅니다."

"그렇소?"

"정보에 의하면 천외신계가 천하를 제패할 때 그자 동초후의 활약이 가장 눈부셨다고 합니다. 그래서 요직에 앉혔다는 후문입니다."

"그자는 어디에 있소?"

"북경 천신중원총독부(天神中原總督府)에 있습니다."

화운룡은 짚이는 바가 있다.

"혹시 거기가 자금성이오?"

신풍개는 씁쓸한 표정을 지었다.

"그렇습니다. 대명제국 황제의 거처가 지금은 천외신계 총독부로 전락한 것이지요."

선봉은 처음에 화운룡의 제자가 되었을 때 그가 대단한 인물이라는 사실을 일찌감치 알아보았다.

이후 배를 타고 두 달여 동안 북상하면서 그에게 무공을 배우며 생활하는 동안, 그의 인품이나 덕망, 박식함 등에 두루 감복하여 그의 제자가 된 자신이 천하에서 가장 행복한 사람이라는 생각이 들었다.

그런데 이곳 심택현에서 당당한 구파일방의 개방 방주와 아미파의 장문인이 화운룡 앞에서 스스로 몸을 굽히고 수하처럼 구는 모습을 보고는 그의 위대함을 새삼 실감했다.

선봉은 자기가 화운룡이 목숨처럼 사랑하는 옥봉까지는 되는 것은 욕심이지만, 화운룡의 최측근이었으며 미래의 부인이고 연인이었던 운설과 명림, 홍예의 역할은 충분히 해낼 수 있으리라 자신했다.

그리고 반드시 그렇게 되기 위해서 노력해야만 할 것이라고 생각했다. 고독과 쓸쓸함에 빠져 있는 사부님을 위로하는 길이 그것뿐이기 때문이다.

신풍개와 혜성신니가 돌아간 후에 화운룡은 심택현의 주루

승예루로 돌아와 주루 안채에 묵었다.

"여기에 누워라."

화운룡은 오늘 공이 많았던 황부원에게 침상에 누우라고 지시했다.

황부원은 즉시 침상에 반듯하게 누웠다. 그는 참으로 신기하기 짝이 없는 사내다.

이런 상황에서는 왜 누우라고 하는지 백이면 백 다 물을 텐데도 화운룡의 말이 떨어지기 무섭게 일언반구도 없이 침상에 누워 버렸다.

화운룡이 생사현관을 타통해 준 후에 황부원은 세 차례 연속 운공조식을 하고 눈을 떴다.

이때만큼은 그도 격동을 주체하지 못하고 크게 감격하여 화운룡에게 큰절을 올렸다.

"주군이라고 불러도 됩니까……?"

의자에 앉은 화운룡은 바닥에 부복한 황부원을 굽어보며 빙그레 미소 지었다.

"그리 부르면 가족을 버리고 나를 따라나서야 한다."

황부원은 움찔했으나 곧 공손히 이마를 바닥에 댔다.

"그리하겠습니다."

화운룡은 어이없다는 표정을 지었다.

"너는 그토록 사랑하는 아내와 자식들은 어찌하고 나를 따르겠다는 말이냐."

"물론 가족을 사랑하지만 그보다 주군을 더 존경하고 사랑하게 되었습니다⋯⋯!"

"나를 사랑한다고? 네가?"

"그렇습니다."

"예끼! 누가 들을까 무섭다."

황부원은 당황해서 고개를 들고 쩔쩔맸다.

"그런 사랑이 아니고⋯ 그러니까⋯⋯."

"됐다. 너는 그냥 여기에 있어라. 대신 지금보다 딱 두 배만 더 너를 키워주겠다."

화운룡은 황부원을 해룡상단 심택지부주로 승급시켜도 모자라지만 그를 승급시키지 않기로 했다.

심택지부주라는 자리는 할 일과 머리 쓸 일, 그리고 대인관계까지 많아서 매일 술자리를 가져야 하기 때문에 일찍 귀가해서 가족들과 오붓한 시간을 갖는다는 것은 애당초 꿈도 꾸지 말아야 한다.

그래서 화운룡은 황부원의 녹봉을 지금의 은자 닷 냥에서 열 냥으로, 일이 많고 호위무사는 적어서 고생하는 것을 해소시켜 주기 위해 호위무사를 백 명 더 증원해 주기로 했다.

그리고 지금 살고 있는 집보다 두 배 큰 집으로 이사할 수 있도록 조치를 취해주었다.

*   *   *

화운룡 일행이 천진현에서 심택현까지 갈 때는 배로 십이일이 걸렸는데 반대로 심택현에서 천진현까지 돌아올 때는 사흘밖에 걸리지 않았다.

심택현까지는 자아하의 상류라서 강물을 거슬러 오르느라 배 이상 늦었지만, 천진현까지는 반대로 하류라서 흐르는 물살에 배를 맡기고 때마침 남서풍이 불어주어서 사흘 만에 천진현에 당도할 수 있었다.

천진현에서 목적지인 북경까지 배로 영정하(永定河)를 타고 거슬러 오르면 편하게 갈 수 있지만 닷새나 걸린다는 말에 화운룡은 천진현에 배를 놔두고 육로를 택했다.

천진현에서 북경까지 육로로는 백오십여 리, 화운룡이 혼자 내달리면 한 시진 만에 갈 수 있는 거리다.

그렇지만 관도에 너무 많은 사람들이 왕래하고 있어서 대낮에 경공을 전개하면 눈에 띌 수밖에 없다.

그래서 화운룡이 선택한 방법은 말을 타는 것이었다.

천진현을 출발해서 얼마 가지 않았을 때 북요하(北遼河)라는 작은 강을 만났다.

북요하는 이십여 리 남쪽에서 영정하에 합류하는 강으로, 이곳에서의 강폭이 삼십여 장으로 제법 넓었다.

강을 건네주는 도선(渡船)이 일몰 전에 일찍 끊어지는 바람에 화운룡 일행은 포구에서 하룻밤 묵기로 했다.

포구는 제법 번화했고 주루와 기루들이 포구에 처마를 맞대고 늘어서 있다.

쏴아아-

주룩주룩 비가 내리고 강 건너로는 노을이 지고 있었다.

강을 건너는 마지막 도선을 놓친 꽤 많은 사람들 속에 화운룡 일행도 섞여 있었다.

화운룡은 지금이라도 선봉, 손설효, 막화 등 다섯 명 모두를 주렁주렁 매달고 한 번에 강을 날아서 건널 수도 있으나 그러지 않기로 했다.

북경은 이제 코앞이고 아직 생각할 것도 있으며 비까지 추적추적 오는데 이런 날은 옥봉이 너무도 그리워서 술을 마시지 않으면 가슴이 저밀 것만 같았다.

객점을 알아본 순진과 공상이 달려왔다.

"주군, 객방을 잡았습니다."

막화와 순진, 공상은 땅에 내려서 말을 끌고, 화운룡과 선봉, 손설효는 말을 타고 그들의 뒤를 따랐다.

포구 마을인 연수촌(延綏村)에는 약 백여 호의 집들이 게딱지처럼 옹기종기 모여 있으며, 대부분 포구에서의 여러 가지 일로 생계를 유지하고 있다.

화운룡 일행이 들어간 객점은 이 층이 숙박을 할 수 있는 객점이고 아래층은 주루인데 큰 현 같은 곳에서는 삼류 축에도 끼지 못할 만큼 허름하고 작은 곳이다.

아직 이른 시각이라서 화운룡 일행은 일 층 주루에 둘러앉아 저녁 식사를 겸해 술을 마시기 시작했다.

보통 이럴 때는 중요한 내용의 대화는 하지 않고 가벼운 얘기를 주로 나눈다.

화운룡은 언제나처럼 묵묵히 술을 마시고 선봉이 그의 시중을 들면서 술자리의 대화를 이끌어 나갔다.

주루에는 화운룡 일행과 두 무리의 손님들이 띄엄띄엄 앉아 있는데 한 무리는 도선을 놓친 유람객이고 또 한 무리는 무림인 같았다.

유람객들은 한껏 멋을 낸 젊은 공자 두 명과 낭자 두 명인데 화운룡 일행 쪽은 신경도 쓰지 않고 자기들끼리 웃고 떠들며 술을 마셨다.

유람객들은 무기를 지니고 있기는 하지만 무림인 같지는 않고 멋을 내거나 호신용인 듯했다.

그리고 무림인 세 명은 창가 쪽에 앉아서 저희들끼리 이마를 맞대고 소곤거리고 있었다.

화운룡이 들으려고 해서 들은 게 아니라 그냥 술을 마시다 보니까 세 명의 무림인들의 말소리가 저절로 들렸다.

그들은 이십 대의 혈기 넘치는 젊은 청년들로서 화북대련에 가입하려고 찾아가는 길이었다.

화운룡이 술을 두 병쯤 마신 지금 이즈음이 그래도 가장 기분이 좋아지는 시기다.

선봉이 대화를 이끌어 공상이 한창 자신이 잘나가던 때를 신나게 침을 튀겨가면서 얘기하는 중이고, 다들 그의 얘기에 푹 빠진 모습이다.

차륵……

그때 주루 입구가 어수선하더니 주렴을 젖히면서 한 무리의 인물들이 안으로 들어섰다.

화운룡 일행 쪽에서는 막화와 순진이 주루 입구를 쳐다보고, 유람객 청년과 낭자들은 아예 쳐다보지도 않았으며, 속삭이고 있던 무림인 세 명은 일제히 고개를 주루 입구로 향하더니 표정이 홱 변했다.

들어선 사람은 뜻밖에도 천외신계 녹보 두 명이었다. 비를 흠뻑 맞은 그들은 입고 있던 우장(雨裝)을 벗고 주루 내를 두

리번거리다가 익숙하게 무림인들과 화운룡 일행의 중간 자리에 앉았다.

녹보들은 옷에 묻은 물기를 털어내면서 주루의 사람들에게 말했다.

"우린 근무하는 중이 아니니까 조금도 신경 쓰지 말고 편하게 드시오."

그때 주방의 휘장이 들추어지더니 작은 체구에 허름한 옷을 입은 여자가 나와 녹보들이 앉은 곳으로 다가오는데 한쪽 발을 심하게 절뚝거렸다.

또한 머리에는 보자기를 깊이 뒤집어써서 한쪽 눈과 뺨까지 가린 모습이다.

이곳에는 점소이가 없는 모양이다. 아까 화운룡 일행이 왔을 때도 저 이상한 여자가 와서 주문을 받았었다.

또 이상한 것은 저 여자는 말을 전혀 하지 못해서 요리 이름이 적힌 판때기를 들고 오는데, 손님이 이것저것 요리를 짚어주고 손가락을 펴서 개수를 표시하면 알았다고 고개를 끄떡이며 돌아간다.

이 주루의 술은 이름 없는 곡주(穀酒) 한 가지뿐이라서 술을 달라고 하면 그걸 내준다.

여자가 가까이 오기도 전에 녹보 한 명이 웃음 띤 얼굴로 말했다.

"소아(小娥)야, 우린 늘 먹던 것과 술 한 병 다오."

녹보들은 단골인 듯 소아라고 불린 여자는 고개를 끄떡이고 몸을 돌렸다.

그때 세 명의 무림인 중에 한 명이 낮게 외쳤다.

"야! 벙어리 계집년아! 우리한테는 돼지볶음하고 술 두 병 더 가져와라!"

주방으로 가던 여자 소아는 무림인들을 돌아보고서 고개를 끄떡였다. 그녀는 말귀는 알아듣고 말은 하지 못하는 벙어리인 듯했다.

그때 녹보 한 명이 방금 말한 무림인에게 넌지시 말했다.

"저 아이 이름은 소아외다. 다짜고짜 벙어리 계집년이라고 부르는 것은 실례이지 않소?"

무림인이 코웃음 치듯 뻬딱하게 말했다.

"벙어리 여자아이를 벙어리 계집년이라고 부르는 것이 잘못이라는 말인가? 그게 이 땅의 새로 주인이 되신 천신국의 새로운 법이라도 된다는 건가?"

이건 누가 보더라도 무림인들이 노골적으로 녹보들에게 시비를 걸고 있는 것이다.

화운룡은 무림인들의 의도를 간파했다. 저들 새파란 청년들은 화북대련에 가입하러 가는 길에 우연히 마주친 천외신계 녹보 두 명을 죽이고 싶어 한다.

어쩌면 녹보 두 명의 목을 베어서 수급을 들고 화북대련에 찾아가서 선물이랍시고 내밀지도 모른다. 혈기 왕성한 청년들이라면 충분히 그러고도 남는다.

하지만 화운룡이 보기에 그러는 것은 무림인들의 만용일 듯싶었다.

그런데 녹보들은 뜻밖에도 참을성이 있다.

"거창하게 그리 말할 것 없소. 다음부터 저 아이를 그렇게 부르지 않으면 되오. 그것뿐이오."

세 명의 청년 무림인들이 우르르 일어서며 어깨의 검파를 잡고 으르딱딱거렸다.

"뭐야? 지금 한번 해보자는 건가?"

"네놈들이 감히 우릴 가르치려고 드는 거냐? 엉?"

화운룡이 보기에 청년 무림인들은 두 녹보의 상대가 되지 못할 것 같았다.

녹보들은 다시 참았다.

"여긴 우리 단골집이오. 싸우지 맙시다."

녹보들이 참는 것을 연천몰각(年淺沒覺) 철모르는 청년들은 꼬리를 내리는 것으로 착각해서 기고만장했다.

차창! 차앙!

"이놈들아! 우리가 겁나는 것이냐?"

"하하핫! 오랑캐 놈들이 남의 땅에 들어와서 주인 노릇을 하니까 눈에 뵈는 게 없느냐?"

일이 이쯤 되고 보니 녹보들로서도 더 이상 참을 수가 없는지 천천히 일어섰다.

그러면서 소아라는 여자에게 말했다.

"소아, 우린 밖에 나가서 싸울 테니까 염려하지 마라."

"밖에는 비가 오는데 나가긴 어딜 나가느냐? 여기에서 죽여 줄 테니 목을 내놔라!"

그렇지만 청년들은 그것마저도 허락하지 않았다.

[막화, 저놈들 좀 말려라.]

화운룡의 말이 떨어지기 무섭게 막화가 벌떡 일어나서 청년들에게 성큼성큼 걸어갔다.

청년들은 자신들이 매우 옳고 용감한 일을 하고 있으므로 녹보를 제외한 주루의 사람들은 모두 자신들 편일 것이라고 생각했다.

그래서 어깨에 검을 멘 당당한 체구의 막화도 자신들에게 힘을 실어주려 한다고 착각했다.

막화는 그들 앞에 멈춰 서 조용한 목소리로 말했다.

"자리에 앉아서 조용히 먹고 나가라."

"뭐어……?"

"다들 조용히 식사하고 술 마시는 자리에 소란 피우지 말고 조용하라는 얘기다."

"이… 이 자식이?"

그 순간 막화가 어깨의 검을 뽑는 것을 본 사람은 화운룡 일행뿐이다.

짜짜짝!

"억?"

"왁!"

철컥!

막화가 다시 검을 검실에 꽂았다.

세 명의 청년은 우당탕거리면서 탁자와 의자를 안고 바닥에 볼썽사납게 거꾸러졌다.

쓰러져 있는 세 청년의 왼쪽 뺨에는 똑같이 새빨간 자국이 선명하게 찍혔고 입과 코에서 피를 찔끔 흘렸다.

막화가 눈 깜짝할 사이에 검을 뽑아서 검의 옆면 넓적한 부분으로 청년들의 뺨을 가볍게 때린 것이다.

눈에 보이지도 않을 만큼 빠르게 세 명의 뺨을 때렸으니 청년들은 기가 질렸다.

막화는 준엄히 청년들을 꾸짖었다.

"이놈들아! 천신국 사람들조차 보호하려는 내 나라의 연약한 소녀를 네놈들은 어째서 괴롭히는 것이냐?"

막화는 발을 세게 굴렀다.

쿵!

"당장 꺼져라!"

청년들은 찍소리도 못 하고 뺨을 감싸 쥔 채 화살처럼 빠르게 주루를 빠져나갔다.

막화는 두 명의 녹보와 유람객들에게 정중히 포권을 두루해 보였다.

"소란을 피워서 미안하오."

두 명의 녹보는 빙그레 웃으면서 손을 들어 보였다.

"고맙소."

막화가 자리로 돌아오려는데 화운룡이 불쑥 말했다.

"화야, 술 몇 병 더 주문해라."

그런데 주방으로 들어가려던 소아가 갑자기 후드득 몸을 떨었는데 마침 그걸 본 사람이 아무도 없다.

막화가 소아에게 약간 큰 소리로 주문했다.

"낭자! 우리에게 술 몇 병을 주시오!"

소아는 듣지 못한 듯 우두커니 서 있지만 막화는 그 말을 하고 돌아서 제자리로 돌아갔다.

그리고 공상이 하던 얘기를 다시 시작했으므로 모두들 얘기에 빠져들었다.

소아는 얼굴의 절반을 가린 눈으로 삼 장쯤 떨어진 곳의 화운룡을 바라보았다.

소이의 가려진 얼굴이 얼마나 보기 싫은지는 모르지만 가리지 않은 얼굴도 그다지 볼 만한 얼굴은 아니었다.

불이나 뜨거운 물에 데었는지 일그러진 뺨에 비뚤어진 코
와 입술을 지녔으며 그런 입술 때문에 한쪽 이가 밖으로 튀어
나온 모습이다.

이 주루에서 직접 만들었다는 곡주는 매우 맛있지만 또한
독하기도 해서 화운룡 일행은 꽤 취했다.

두 명의 녹보는 요리와 술을 마시고 나서 소아에게 각전 두
어 냥의 수고비를 주고는 주루를 나갔다.

그리고 얼마 지나지 않아서 유람객인 듯한 공자와 소녀들
은 피곤하다면서 이 층 객방으로 올라갔다.

그렇지만 화운룡 일행은 술자리가 끝나려면 아직 멀었다.
화운룡은 창을 활짝 열어놓고 빗줄기가 쏟아지는 포구를 내
다보면서 열 호흡에 한 잔씩 규칙적으로 마셨다.

그때 소아가 양손에 입구가 좁고 아래쪽은 뚱뚱한 술 호리
병 두 개를 들고 다가왔다.

막화는 가까이 다가온 소아에게서 술병을 받았다. 술을 주
문하지 않았지만 어차피 조금 지나면 주문할 것이다.

그런데 소아가 가지 않고 주춤거리면서 화운룡에게 조금씩
가까이 다가갔다. 그녀는 손님들이 모두 가기를 기다리고 있
었던 것 같다.

손설효가 그걸 보고 차갑게 꾸짖었다.

"뭘 하는 것이냐?"

그렇지만 소아는 듣지 못한 듯 화운룡 두 걸음 앞까지 가깝게 다가갔다.

"물러가라."

손설효가 더욱 차갑게 말하자 화운룡이 손을 뻗어 제지하고 소아에게 온화하게 말했다.

"내게 볼일이 있느냐?"

그러자 소아의 가리지 않은 눈이 화등잔처럼 커지더니 온몸을 세차게 부르르 떨며 짐승 같은 소리를 흘려냈다.

"우우우… 우우……."

그러더니 그녀는 화운룡의 손을 덥석 잡았다.

"무슨 짓이냐?"

손설효가 손을 쓰려는 것을 화운룡이 제지했다.

"가만히 있어라."

第九章
두 여자

　화운룡은 소아에게서 본능적으로 무언가 이상한 느낌을 받았다. 그녀는 마치 화운룡이 누군지 알고 있는 사람처럼 행동하고 있다.

　그런데 지금 그는 변신을 한 모습이라서 누군가 그를 알아볼 리가 없다.

　또한 누군가 그를 알아보는데 그가 상대를 알아보지 못할 리는 더더욱 없다.

　그러니까 지금 소아는 그를 어떤 사람으로 착각을 하거나 어쩌면 신풍개나 혜성신니처럼 그의 특이한 목소리를 알아차린 것인지도 모른다.

화운룡은 어떤 한 가닥 기대를 갖고 소아의 두 손을 가만히 잡으며 부드럽게 물었다.

"나를 아느냐?"

"우우… 우웅……."

소아가 미친 듯이 고개를 마구 끄덕이면서 굵은 눈물을 후드득 마구 흘렸다.

그 모습에 화운룡의 가슴이 크게 울렁거렸으며 손설효나 선봉, 막화 등은 뭔가 심상치 않다는 생각에 바짝 긴장한 표정으로 지켜보았다.

화운룡은 소아가 쓰고 있는 보자기를 벗겼다. 그녀의 진면목을 보고 싶었다.

슥…….

소아는 깜짝 놀랐으나 가만히 있었다.

그리고 눈 뜨고는 보기 어려운 끔찍한 몰골이 드러나서 화운룡마저도 흠칫 놀라게 만들었다.

필경 머리에서부터 발끝까지 뜨거운 물이나 기름을 뒤집어쓰거나, 불구덩이 속에서 간신히 빠져나와서 목숨만 건진 몰골이 틀림없다.

머리카락은 거의 빠져서 듬성듬성 몇 가닥만 겨우 났으며 반들거리고 쭈글거리는 머리에서부터 한쪽 얼굴과 목, 그리고 어깨에 이르기까지 촛농이 흘러내린 것처럼 일그러진 끔찍한 몰골이다.

옷으로 가려진 아래쪽은 위보다 더했으면 더했지 못하지 않을 것이다.

화운룡은 아무리 뜯어봐도 소아가 누군지 알 수가 없어서 안타깝게 말했다.

"너는 대체 누구니? 응?"

그러자 소아가 화운룡의 손바닥을 가져다가 손가락으로 무언가 글자를 썼다.

손과 손가락도 다 일그러지고 쭈글쭈글했으며 기형적으로 구부러져 있었다.

소아는 화운룡 손바닥에 떨리는 손가락으로 한 글자를 커다랗게 썼다.

[皓]

그걸 본 화운룡의 눈이 한껏 부릅떠지고 심장이 마구 두근거렸다.

"호… 호아라는 말이냐?"

소아는 부러질 정도로 힘껏 고개를 끄떡였다.

화운룡은 상체를 잔뜩 숙이고 소아의 양어깨를 붙잡으며

눈높이를 그녀에게 맞추었다.

"정녕 네가 용봉호법대의 막내 호아라는 말이냐?"

"우우우… 우우……"

소아, 아니, 호아는 짐승 울음소리를 내면서 비 오듯이 눈물을 흘리며 마구 고개를 끄떡였다.

화운룡은 의자에서 내려와 호아 앞에 무릎을 꿇고 그녀의 작고 가녀린 몸이 부서질세라 부드럽게 잡았다. 그는 이 끔찍하게 일그러진 작은 소녀가 호아라고 확신했다.

"호아… 살아 있었구나……"

용봉호법대 열두 명 중에서 호북연세가의 연오를 제외하면 열한 명이 모두 어린 아미파 소녀들로서 명림의 제자였다가 이후에 화운룡의 제자가 되었고, 그와 함께 운룡재에서 생활했었다.

그녀들 중에서 호아는 가장 나이가 어린 막내 십오 세였으며 올해 십육 세가 되었다.

호아는 어린 데다 애교가 많아서 화운룡의 귀여움을 독차지했으며 살결이 유난히 희고 매끄러우며 예뻐서 흴 호(皓)라는 이름을 지어주었다.

그리고 화운룡이 할아버지 같다면서 자신이 그의 손녀라고 우스갯소리를 하기도 했다.

그랬던 호아가 이렇게 짓이겨진 참혹한 몰골로 일 년하고도 넉 달 만에 화운룡 앞에 나타난 것이다.

북경에서 귀환하는 도중 비룡은월문을 불과 삼십여 리 남겨둔 그날 밤 동태하에서 화운룡을 비롯한 측근들과 비룡검사들이 천여황이 쳐놓은 함정 속으로 빠져들었을 때, 용봉호법대는 화운룡과 멀지 않은 배에서 천외신계 정예고수들과 치열한 싸움을 벌였었다.

그때 다급해진 화운룡이 모든 배에 불을 지르라고 악을 쓰듯이 외친 고함 소리가 지금도 귓가에 쟁쟁하다.

그때는 그곳에서 빠져나오려면 배에 불을 지르는 방법이 유일하다고 판단했었다. 그런데 그 불길이 호아를 이 지경으로 만들어 버린 것이다.

"우우우… 우우……."

호아는 얼굴을 일그러뜨리면서 울부짖었다. 닭똥 같은 눈물을 흘리면서 몸부림치고 있는 그녀는 하늘 같은 사부 화운룡을 다시 만나서 반가워 오열하고 있는 것이다.

자신의 고통 때문이 아니라 그저 반갑고 기뻐서 몸부림치고 있는 것이다.

"호아……."

화운룡은 호아를 가슴에 조심스럽게 안았다. 그는 가슴이, 아니, 온몸이 조각조각 찢어지는 아픔을 느꼈다.

품속에서 호아의 작은 몸이 파들파들 비 맞은 참새처럼 떨어대고 있었다.

그는 무릎을 꿇은 채 호아를 품에 꼭 안고 쉬지 않고 머리며 등을 쓰다듬었다.

"호아… 미안하구나… 사부가 잘못했다……."

용봉호법대 열두 명이 다 죽고 막내 호아 하나만 이런 몰골로 살아남은 것이 모두 자신의 잘못인 것만 같았다.

"우우우… 우웅……."

작게 몸부림치면서 떨어대는 호아를 안은 화운룡의 눈에서 뜨거운 눈물이 흘러내렸다.

그 광경을 지켜보고 있는 선봉, 손설효, 막화 등은 모두 감격의 눈물을 흘리면서 이 아름답고도 비참한 재회를 기뻐해 주었다.

화운룡 품속에서 한참이나 울던 호아가 이윽고 그의 품에서 빠져나왔다.

화운룡은 호아에게 궁금한 것이 너무나 많았다. 일 년 사 개월 전 그날 밤에 그가 천여황의 일격에 적중되어 강물에 처박혀서 혼절한 상태로 떠내려간 이후, 그곳에서 무슨 일이 벌어졌는지 알고 싶었다.

그러나 어린 호아가 그 당시 상황에 대해서 얼마나 알고 있을지 의문이다.

또한 말을 하지 못하기 때문에 호아에게서 그 당시의 상황을 알아내려면 대단한 인내심이 필요할 것 같았다.

화운룡에게서 빠져나온 호아는 그의 손을 잡고 주방 쪽으로 한쪽 다리를 심하게 절면서 이끌었다.

화운룡은 그제야 호아가 이 주루에서 일하고 있다는 사실에 생각이 미쳤다.

그래서 호아가 주루의 주인이나 주변 사람들을 자신에게 소개하려는 것이라고 생각했다.

그가 호아를 따라가고 있는데 선봉이 뒤따르며 전음을 보내 그를 일깨워 주었다.

[주군, 본모습을 찾으세요.]

그제야 그는 아차 하는 마음으로 내력변용천공을 풀어 본모습을 되찾았다.

호아는 그의 손을 이끌고 주방으로 가던 중에 무심코 뒤돌아보다가 본모습을 되찾은 그를 보고는 화들짝 놀라더니, 걸음을 멈추고 또다시 짐승 울음소리를 내면서 그의 품으로 뛰어들어 울음을 터뜨렸다.

"우우우……"

"호아… 사부가 정신이 없었구나. 미안하다……."

화운룡은 호아에게 그저 모든 것이 미안했다.

한동안 울고 난 호아가 다시 그의 손을 잡고는 주방의 더러운 휘장을 걷고 안으로 이끌었다.

좁은 데다 습기가 가득하고 요리 냄새가 나는 주방 안에는 한 여자가 뒷모습을 보인 채 바닥에 웅크리고 앉아서 설거지를 하고 있었다.

덜그럭… 덜걱…….

주루에서 그 소동이 있었지만 그 여자는 아무것도 모르는 듯 쭈그리고 앉아서 설거지만 하고 있다. 그렇다면 그녀도 귀머리인 것이 분명하다.

화운룡은 설거지를 하는 여자가 누군지는 모르지만 주루 주인이 아닐 것이라고 확신했다. 주인이라면 결코 저런 모습이 아닐 터이다.

그때 호아가 화운룡의 손을 놓고 여자에게 다가가서 어깨를 흔들었다.

설거지하던 여자가 하던 일을 멈추고 천천히 고개만 돌려서 뒤돌아보았다.

호아하고 별로 다를 게 없는, 아니, 더욱 끔찍한 몰골의 외눈박이 여자는 움찔 놀라는 듯했다.

호아 뒤에 낯선 사람들이 우르르 많이 서 있는 광경을 발견했기 때문이다.

호아는 화운룡 옆으로 와서 여자에게 그를 가리키면서 폭풍치럼 눈물을 흘리며 짐승 우는 소리를 냈다.

"우우우… 우우……."

외눈박이 여자가 눈을 조금 더 크게 뜨면서 몸을 돌려 화운룡을 쳐다보았다.

호아가 얼른 촛불을 가져와서 화운룡 얼굴 아래에 대고 그의 얼굴이 더 잘 보이도록 했다.

"으어어……."

그러자 여자는 얼마나 소스라치게 놀랐는지 웅크리고 앉은 자리에서 펄쩍 뛰어올랐다가 설거지를 하던 큼직한 그릇 더미에 털썩 주저앉았다.

"으어어… 어으으……."

그녀는 참혹한 얼굴을 더욱 참혹하게 일그러뜨리면서 하나뿐인 외눈박이 눈을 찢어질 듯이 부릅떴다.

이 순간 화운룡은 신기하게도 여자가 누군지 알아보았다. 여자도 호아처럼 벙어리에 짐승처럼 우는 소리를 내고 있지만 본연의 목소리 음색(音色)은 변하지 않아서 화운룡이 알아들은 것이다.

"이럴 수가……."

커다란 충격에 휩싸인 화운룡은 성큼 여자 앞으로 다가가 무릎을 꿇었다.

그리고 그의 입에서 심장이 짓이겨지는 듯한 울음 섞인 외침이 터져 나왔다.

"림아……! 너 림아구나……!"

그녀는 명림이었다. 그 어떤 말로도 설명할 수 없는 화운룡의 분신 같은 존재 명림이었던 것이다.

더 이상 추악할 수 없는 몰골의 설거지하던 여자 명림은 설거지 더미에 퍼질러 주저앉은 채 하나뿐인 눈을 한껏 부릅뜨고 화운룡을 보면서, 커다랗게 입을 벌리고 짐승 울음소리만 내고 있을 뿐이다.

"끄으으… 우우우……."

화운룡은 어느새 울고 있었다. 그는 눈물을 흘리면서 명림에게 두 손을 뻗었다.

그는 자신이 천여황의 일격을 맞고 강물에 떠내려갔다가 반년 동안 혼수상태에 빠지며 온갖 고생을 다 겪었지만, 그것은 호아와 명림에 비하면 아무것도 아니라는 사실을 절감하고 가슴이 갈가리 찢어져 나갔다.

그가 심천촌에서 사경을 헤매며 절망의 나락에서 허우적거리고 있었을 때 명림과 호아는 그보다 더한 고통을 겪고 있던 것이다.

명림은 얼마나 놀랐는지 부들부들 떨기만 할 뿐 화운룡이 뻗은 두 손에 아무런 반응을 하지 않았다. 그저 외눈박이 눈이 한껏 부릅떠져 있을 뿐이다.

화운룡은 명림의 얇어깨를 잡고 가만히 끌어당겼다.

그의 명림에 대한 감정은 뭐라고 몇 마디로 설명할 수 있는 것이 아니다. 명림이 그에게 어떤 존재였는지를 설명하는 일 자체가 부질없다.

그녀는 화운룡이 십절무황이던 미래에서도, 그리고 과거로 돌아온 현실에서도 언제나 변함없는 그의 그림자였으며 애인 이고 반려자였다.

그 명림이 지금 어떤 모습으로 변했든지 화운룡에게는 문 제 될 것이 없다.

설사 그녀의 사지가 다 잘라져서 머리와 몸뚱이만 남은 신 세라고 해도 그녀가 차지하고 있는 존재의 비중은 절대 변할 수 없는 것이다.

명림이 화운룡을 발견한 충격은 호아와 달랐다. 명림이 호 아보다 몇 배, 아니, 몇십 배는 더 화운룡과 가까운 존재였기 때문이다.

화운룡은 말없이 명림을 끌어당겨 가슴에 안았다.

"림아, 내가 너무 늦었다……"

"우우……"

아직도 정신을 차리지 못한 명림은 그의 품속에서 가늘게 몸을 떨면서 아주 작은 짐승 소리를 냈다.

화운룡은 명림을 품에 꼭 안고 있으면서도 이것이 꿈인 것 만 같았다.

현실에서는 절대로 일어나지 않을 일이 자신에게 일어나고 있는 것만 같아서 그녀를 더욱 깊이 안았다.

그러다가 어느 순간 그는 명림이 움직이지 않는다는 사실을 깨달았다.

"림아……."

놀라서 급히 명림을 품에서 떼어내어 내려다보니 그녀는 외눈박이 눈을 꼭 감고 혼절해 있었다.

얼마나 충격이 컸으면 혼절까지 했을 것인가를 생각하니까 또다시 화운룡의 가슴이 미어졌다.

명림의 하나뿐인 꼭 감은 눈 밑에는 눈물이 흘러 있었다.

회련루(懷戀樓).

이것이 상처 입은 명림과 호아가 운영하고 있는 주루 겸 객점의 이름이었다.

회련이란 그리움을 가슴에 품었다는 뜻이다. 두 여자가 누굴 가슴에 품었을지는 화운룡이 이곳에 오기 전까지는 그녀들만 알고 있었을 것이다.

회련루의 이 층에는 많지 않은, 그리고 작고 허름한 다섯 개의 객방이 있으며, 막다른 곳에 있는 작은 골방이 명림과 호아가 사용하는 방이었다.

그 방에는 하운룡과 명림, 호아 세 사람만 있다. 화운룡은 선봉, 손설효, 막화 등에게 얻어놓은 객방에 가 있으라 하고 셋만 남았다.

다 찌그러진 작은 침상에 명림이 누워 있으며 침상가에 화운룡이 앉아 있고 그 옆에 호아가 서 있다. 의자가 하나뿐이라서 화운룡만 앉았다.

화운룡은 현재 그녀의 상태를 자세히 살펴보았다.

명림을 당장에라도 깨어나게 할 수 있지만 그 전에 그녀가 어디를 얼마나 다쳤으며 어느 부위가 잘못됐는지를 확인하려는 것이다.

화운룡에겐 명천신기가 있으므로 간신히 숨만 붙어 있는 사람이라면 다 살릴 수가 있다.

그렇지만 명림의 경우는 다 죽어가는 사람을 살리는 것이 아니라 불에 데어서 잘못된 부위를 원래의 모습으로 되돌리는 것이다.

화운룡은 아픈 사람을 고치고 죽어가는 사람을 살린 적은 많지만, 이미 오래전에 심하게 다쳐서 흉터로 남았거나 또는 불구가 돼버린 잘못된 부위를 원상태로 회복시켜 본 적은 한 번도 없었다.

그런데 명림의 상태는 옷을 입고 있을 때보다 벗겼을 때가 몇 배나 더 지독했다.

특별한 상처는 없으며 단지 불에 덴 것일 뿐인데 그 정도가 너무 끔찍했다.

호아의 경우에는 몸의 절반은 괜찮은 듯했으나 명림은 몸의 칠 할이 불에 데어 극심하게 오그라든 상태다.

어디가 가슴이고 어디가 어디인지조차 구분이 되지 않을 정도다.

얼마나 심하게 오그라들었으면 성대를 다쳐서 말도 하지 못하고 팔과 다리가 쪼그라들어서 불구가 되었겠는가.

화운룡이 명림을 살피고 있는 동안 호아는 옆에 서서 그저 눈물만 뚝뚝 흘릴 뿐이다.

*   *   *

화운룡은 비지땀을 흘리면서 명림의 온몸을 손바닥으로 문지르고 또 주무르고 있다.

그는 이왕 하는 김에 아예 호아까지 치료하기로 하고 좁은 침상 대신 바닥에 이불을 넓게 깔고 거기에 두 여자를 나란히 눕혔다.

명림은 깨어나지 못하도록 혼혈을 제압했으며 호아도 혼혈을 눌렀다.

치료 과정이 다소 난폭할 수도 있어서 고통스러울지 모르기 때문이다.

화운룡은 예전에는 터지거나 조각난 내장과 장기를 붙이고 맞추는 치료를 주로 했었다.

사실 그런 치료는 명천신기가 워낙 뛰어난 효능을 발휘하기 때문에 쉬운 축에 속했다.

명천신기를 주입하기만 하면 병이든 상처든 고치지 못하는 것이 없었다.

그러나 지금처럼 불에 심하게 데어 일그러진 피부와 근육을, 그것도 일 년 넉 달이나 지난 상태의 흉터를 원상회복시키는 일은 심한 중병이나 중상을 치료하는 것보다 열 배는 힘든 일이다.

더구나 치료는 상처 부위에 명천신기를 주입하면 그만이지만 이것은 일그러진 피부와 근육을 일일이 문질러서 마찰하여 펴야만 하는 것이다.

"으음……"

팔 갑자를 훨씬 상회하는 공력을 지닌 화운룡이지만 저절로 신음이 새어 나왔다.

사람의 몸뚱이가 아니라 불에 타고 있는 것을 끄집어낸 것 같은 몰골의 두 여자를 오가면서 쉬지 않고 문지르고 또 주무르기를 다섯 시진 동안이나 실행했다.

창밖에는 비가 그치고, 강 건너 동쪽 하늘이 부옇게 여명으로 붉어질 무렵에야 치료, 아니, 사투가 끝났다. 그로서는 최선을 다했다.

털썩······.

치료를 끝낸 화운룡은 명림 옆에 풀썩 쓰러지듯이 누워 그
대로 잠이 들었다.

명림이 먼저 깨어났다.

그녀는 똑바로 누운 자세로 한참 동안이나 천장을 바라보
며 눈을 깜빡였다.

그녀는 자신이 잠을 자고 아침에 눈을 뜬 것이라고 생각했
다. 그런데 지난밤에는 굉장한 꿈을 꾸었다.

꿈속에서 그녀가 설거지를 하고 있는데 사랑하는 님 화운
룡이 찾아왔었다.

그래서 그의 품에 안겨 목 놓아 울었는데 그다음에는 기억
이 나지 않았다.

'아··· 행복한 꿈이었지만 너무나 아쉬워······.'

지난 일 년 넉 달 동안 꿈속에서 어쩌다가 가뭄에 콩 나듯
화운룡을 만나 짧은 해후를 하는 날이면 너무 행복해서 죽을
것만 같았었다.

그런데 시간이 지나면, 그런 꿈을 꾸었던 탓에 그리움과 현
실에 대한 절망감이 더욱 높고 깊어져서 견딜 수 없는 상태가
돼버리기 일쑤였다.

그런 탓에 그가 꿈속에 나타나지 않기를 빌기도 했었지만 그래도 그가 꿈속에 나타나 주는 편이 훨씬 좋았다. 그래야지만 절망에서 허우적거리는 그녀가 살아 있을 한 가닥 희망이라도 품을 수 있기 때문이다.

아침에 눈을 떠보니 지난밤에 꾸었던 꿈도 별반 그와 다를 바가 없을 터이다. 화운룡에 대한 그리움은 어제보다 조금 더 높아질 테고 그를 만나지 못할 것이라는 절망감도 조금 더 깊어질 테니까 말이다.

그래도 좋다. 그를 매일 밤 꿈속에서라도 만날 수 있다면, 그래서 그리움이 하늘 꼭대기에 닿고 절망감이 지옥 바닥에 가라앉더라도 상관이 없다.

눈을 깜빡거리던 명림은 뭔가 조금 이상함을 느꼈다.

"……."

원래 늘 보던 천장의 위치와 초점이 오늘 아침에는 조금 달라진 것 같았다.

침상에서 올려다보는 언제나의 천장은 저런 모습이 아니고, 또 외눈박이 한쪽 눈으로 바라보던 천장의 초점은 저런 게 아니었다.

일 년 넉 달 동안 애꾸눈으로 살아온 그녀의 초점이 뭔가 잘못되었음을 속삭이고 있다.

'왜 이런 거지……?'

눈을 깜빡거리는데 어찌 된 일인지 한쪽 눈이 아니고 두 눈이 다 깜빡거려지는 느낌이다.

그녀는 부지중에 손을 들어 눈을 만져보았다. 언제나 뜨고 있는 멀쩡한 눈이다.

그래서 이번에는 손으로 눈을 덮고 깜빡거려 보았다. 눈의 깜빡거림이 손가락에 생생하게 느껴졌다. 그것은 볼 수 있는 오른쪽 눈이다.

그런데 지금 손으로 만지고 있는 오른쪽 눈 말고 왼쪽 눈도 깜빡거려지고 있는 느낌이 들었다.

그래서 혹시나… 아니면 설마 하는 생각에 오른쪽 눈을 손으로 가려보았다.

"……"

그런데 이것은 뭔가 잘못됐다. 불에 일그러져서 덮인 왼쪽 눈이 보이고 있다.

더럽게 때가 낀 우중충한 천장이 왼쪽 눈으로도 보인다는 것은 말이 안 되는 일이다.

그래서 그녀는 자신이 아직 잠에서 깨지 않고 꿈을 꾸고 있을지도 모른다는 생각이 들었다. 그래야지만 이 말도 안 되는 일이 가능하다.

그런데 이상한 일은 그것만이 아니다. 지금 눈을 가리고 있는 오른손은 원래 거센 불길에 오그라들고 힘줄이 당겨진 탓에 그 손으로 눈을 만지려면 잔뜩 고개를 숙여야지만 가능해서 여간 불편하지 않았었다.

그런데 지금은 반듯한 자세로 누워서 조금도 힘들이지 않고 오른팔을 뻗어 눈을 자연스럽게 만지고 있으니 정녕코 이상한 일이다.

'호아는……'

그러다가 그녀는 늘 자신의 옆에서 자는 호아를 보려고 고개를 오른쪽으로 돌렸다.

"……."

그녀의 눈이 찢어질 듯이 부릅떠졌다. 원래 보였던 눈이나 보이지 않다가 보이게 된 두 눈 가득 경악이 가득 찼다.

정녕 이것은 꿈이 분명하다. 하나뿐인 외눈박이 눈에 진물이 나도록 그리워했던 화운룡이 그녀 옆에서 나직하게 코를 골면서 자고 있을 리가 만무했다.

슥…….

명림은 이것이 꿈이려니 여기면서 일어나 앉았다. 그러면서도 화운룡에게서 눈을 떼지 않았고 눈도 깜빡거리지 않았다. 그러면 이 꿈이 사라져 버릴 것만 같았다. 꿈이라도 되도록 오래 꾸고 싶었다.

그윽하게 화운룡을 굽어보는 명림의 입가에 부드러운 미소가 피어났다.

내 님은… 우리 주군은… 꿈속에서조차 어찌도 이리 헌앙하신지 보고 있노라니 심장이 떨리고 눈물이 솟구쳤다.

"여보……."

그 옛날 현실에서 몰래 그랬듯이 명림은 나직이 속삭이면서 화운룡의 얼굴이라도 만져볼 요량으로 손을 뻗었다.

꿈속에서 그녀의 손은 오그라든 곱쟁이 손이 아니라 예전의 보드랍고 희며 매끄러운 손이 되었다.

그런데 그녀가 여보라고 부르는 소리에 화운룡이 스르르 눈을 떴다.

"림아."

"네, 여보."

예전에는 화운룡을 여보라고 부르면 혼쭐이 났었지만 지금 그는 외려 온화한 미소를 지었다.

역시 꿈이라서 여보라고 부르는 것이 용인되는 모양이라고 생각했다. 꿈이 좋은 한 가지는 바로 그것이다.

화운룡은 명림이 내민 손을 잡아 자신의 뺨에 대주었다.

명림의 작은 손은 그의 커다란 손 아래에서 그의 부드러운 뺨을 어루만졌다.

"여보……."

명림은 꿈에서 깨 그가 사라지기 전에 그를 실컷 불러볼 심산이다.

"림아."

화운룡이 두 손을 뻗어 명림을 잡아 와락 품에 안았다.

"아……."

명림은 엎드려 있는 화운룡 몸 위에 엎어지며 그와 얼굴이 겹쳐졌다.

화운룡이 그녀의 뺨을 쓰다듬으며 속삭였다.

"림아, 살아 있어주어서 정말 고맙다……."

"……."

명림은 자신의 입술과 닿은 화운룡의 입술이 말하면서 움직이는 것이 느껴지자 흠칫 몸이 떨렸다.

"꿈이 아니에요……?"

"꿈이 아냐."

명림의 몸이 바들바들 떨었다.

"그럼 현실에서 제가 당신과 만난 건가요?"

"그래. 현실이야."

명림은 갑자기 벌떡 일어섰다.

그녀의 발 아래쪽에 화운룡이 누워 있는 것이 보였고 또한 그녀는 자신의 가슴이 흔들리는 것도 보았다.

그런데 일그러지고 오그라든 형편없는 가슴이 아니다. 예전의 탐스럽고 뽀얀 그 가슴이 거기에서 흔들리고 있다. 도대체 이게 꿈인지 현실인지 분간이 되지 않았다.

그녀는 멍한 표정으로 자신의 배와 두 다리와 두 팔과 손을 차례차례 살펴보았다.

모든 것이 완벽했다. 일 년 넉 달 전 불구덩이 속에 빠지기 전의 모습을 되찾았다.

화운룡이 말했다.

"내가 너를 고쳤다."

"……."

"호아도."

명림의 시선이 옆으로 향했다. 조금 전 그녀가 누워 있던 곳 옆에 호아가 예전의 희고 팽팽한 몸으로 누워 있는 모습이 꽂히듯이 눈으로 파고들었다.

"당신이……."

화운룡은 누운 채 빙그레 미소 지었다.

"그래. 너희 둘을 고치느라 밤새 한숨도 못 잤다."

"말도 안 돼……."

명림의 몸이 사시나무 떨듯이 와들와들 미친 듯이 떨렸다. 그녀의 뇌가 꿈을 현실로 받아들이고 있었다.

"제 얼굴도 호아처럼 예전 모습을 되찾았나요?"

"그건 아니다."

"……."

"예전보다 훨씬 더 예뻐졌다."

왈칵! 명림이 눈물을 쏟아냈다. 저 짓궂은 농담은 예나 지금이나 변함이 없다.

그렇지만 얄미워서 꼬집어주고 싶은 마음보다는 저 품에 안겨서 펑펑 울고 싶다.

다음 순간 그녀는 화운룡 위로 몸을 날렸다.

"여보!"

그녀는 화운룡을 힘껏 부둥켜안고 눈물을 펑펑 흘리면서 그의 얼굴을 쓰다듬고 뺨을 비비며 이것이 꿈이 아닌 현실임을 확인하려고 애썼다.

"여보……."

"그래."

명림이 고개를 들고 화운룡을 굽어보았다.

"저 지금 당신하고 뽀뽀하고 싶어요. 그래야지만 이것이 꿈이 아니라는 것을 알 수 있을 것 같아요……."

"……."

"나중에 주모께 이실직고 말씀드리고 혼날 테니까 지금은 그냥 제가 뽀뽀를 해도 가만히 계세요."

화운룡은 빙그레 미소 지었다.

"뽀뽀했다는 걸 알면 봉애가 널 그냥 놔둘 것… 읍!"

화운룡은 말하다가 입을 봉쇄당하고 말았다.

명림과 호아의 흉터 치료는 보기 좋게 성공했다.

치료하기 전에 화운룡이 의도했던 모든 것들이 다 성공했다.

명림과 호아의 오그라든 피부와 근육이 예전으로 돌아갔으며, 그 때문에 감겼던 눈꺼풀이 펴져서 외눈박이 신세를 면하게 되었고, 또한 심하게 절었던 발도, 그리고 팔도 원상회복되어 제대로 걸을 수 있게 되었다.

아침이 돼서야 화운룡과 명림, 호아가 차례로 골방에서 나오자 새벽부터 이제나저제나 골방에서의 기적을 기다리고 있던 선봉, 손설효 등이 놀라고 반가워서 우르르 복도로 쏟아져 나왔다.

손설효가 원래 모습을 찾은 명림을 제일 먼저 알아보고 그녀에게 달려갔다.

"림 언니!"

명림은 자신을 향해 달려오는 손설효를 보고 멈칫하며 크게 놀랐다.

"설마… 효보보?"

화운룡은 빙그레 미소 지으며 고개를 끄떡였다.

"그래. 귀염둥이 효보보지."

명림은 달려드는 효보보를 힘껏 부둥켜안았다.

"효보보아!"

"림 언니!"

미래에 몹시 절친했던 두 여자는 현실에서 기구한 상황에 다시 만나 감개무량했다.

한참이 지나서야 두 여자가 포옹을 풀자 차례를 기다리고 있던 막화와 순진, 공상이 명림에게 포권하며 공손히 허리를 굽혔다.

"막화가 좌호법님을 뵈옵니다."

명림은 깜짝 놀랐다.

"천지당 외당주 막화라는 말이냐?"

막화는 눈물을 글썽였다.

"그렇습니다, 좌호법님……!"

명림은 한달음에 달려와서 막화의 두 손을 잡았다.

"틀림없는 막화로구나……! 너도 살아 있었어……!"

"죄송합니다… 속하는 성내에 있었으면서도 도움이 되지 못하고 목숨만 건졌습니다……."

언제나 화사한 비단옷 경장 차림에 백합처럼 화사하던 명림은 지금 다 낡아빠진 현순(懸鶉)을 입었지만 그 옛날보다 더 아름다웠다.

"아니다… 너희들이 살아서 주군을 뫼시고 있으니 나는 마음이 놓인다……!"

예전의 막화는 화운룡의 심복이나 다름이 없어서 보고를

하느라 운룡재에 자주 드나들었기 때문에 화운룡의 최측근들과 매우 친했었다.

호아가 눈물을 흘리면서 막화에게 다가왔다.

"화 오라버니……."

막화는 호아가 반가우면서도 예절을 차렸다.

"호 소저."

화운룡이 빙그레 미소 지었다.

"막화 네가 내 제자들을 다 구워삶아서 누이동생으로 삼았다는 사실을 이미 알고 있다."

막화는 얼굴을 붉혔다.

"그… 러셨습니까?"

사실 막화는 운룡재에 자주 드나들면서 용봉호법대 십일 명의 소녀, 한 명의 소년과 친해져서 그들에게 이따금 거리의 맛있는 과자나 꿀맛 사탕 같은 것들을 사주었었다.

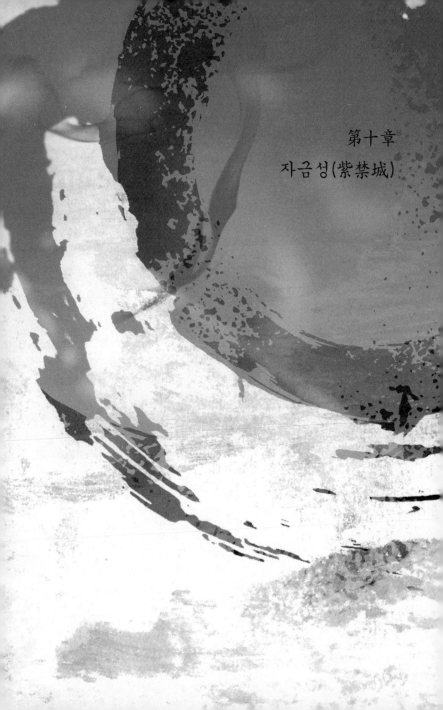

第十章
자금성(紫禁城)

　화운룡 일행은 일 층 주루에 모여서 이른 아침 식사를 하면서 대화를 나누었다.

　명림은 일 년 사 개월 전 비룡은월문을 삼십여 리 남겨둔 동태하에서 벌어졌던 마지막 전투에 대해서 담담한 표정으로 설명했다.

　그때 상황에 대해서 명림이나 호아는 화운룡보다 조금 더 알고 있는 정도였다.

　명림과 운설을 비롯한 비룡은월문 모든 검사들은 화운룡의 명령에 따라서 일제히 모든 배에 불을 질렀다.

화운룡 등이 타고 온 배와 적의 배들은 순식간에 불길에 휩싸였으며 힘없는 동창고수들의 가족들은 비명을 지르면서 배에서 강물로 뛰어드는 족족 익사하거나 불에 타서 제일 먼저 죽었다.

이후 화운룡의 최측근들과 비룡검사들은 끝까지 배에 남아서 천외신계 고수들과 사투를 벌였다.

그 싸움은 원래 화운룡 쪽이 백전백패하게끔 정해져 있는 운명이었다.

적들의 수가 지나치게 많은 데다 급습으로 허를 찔렸으며 무엇보다도 모두를 이끌어야 할 화운룡이 너무 빨리 천여황에게 당했다.

명림과 운설, 홍예, 장하문을 비롯한 최측근들은 화운룡이 우렁찬 기합을 터뜨리면서 천여황을 공격해 가는 광경을 똑똑히 목격했었다.

그리고 그가 천여황에게 일격을 당하여 곧장 강물에 빠지자 모두들 충격과 절망에 빠지고 말았다.

모두가 신처럼 떠받들던 화운룡이 아무리 상대가 천여황이라고 하지만 그토록 어이없게 당할 줄은 아무도 예상하지 못했었던 것이다.

그리고는 모두들 전의를 상실하고 말았다. 화운룡이 천여황에게 일격을 당하여 강물에 추락했으나 아무도 구하러 갈

경황이 없었다.

구해야 한다는 마음만은 간절했지만 도저히 몸을 빼낼 수 있는 상황이 아니었다.

명림은 장하문과 운설, 홍예 등이 천외신계 고수들의 소나기 같은 협공을 받다가 중상을 입고 차례로 강물에 뛰어드는 것을 보았다.

그리고 여기저기에서 용신들과 비룡검사들이 처절하게 죽어가는 것을 목격했다.

명림과 몇몇 용봉호법대 제자들이 적들을 피해서 불타고 있는 배의 선실 안으로 숨어들었다.

그 직후 선실이 무너졌으며 명림과 용봉호법대 제자들은 무너지는 불구덩이에 파묻혔다.

몸에 불이 붙은 용봉호법대 제자들이 처절하게 살려달라고 비명을 지르며 아비규환에 빠졌으나, 명림은 손에 잡히는 대로 아무나 한 명 붙잡고 사력을 다해서 불구덩이를 빠져나와 강물에 뛰어들었다.

구사일생 목숨만을 건진 명림과 호아는 강에서 나와 며칠 밤낮 늘길과 산길로만 도주했고, 어느 마을 의원에 도착하여 정신을 잃었다.

두 여자는 그곳에서 의원의 눈물겨운 노력으로 간신히 목숨을 건졌지만 살아 있는 것이 죽은 것만 못한 끔찍한 몰골이 되고 말았다.

그래도 두 여자는 이를 악물고 살기로 결심했다. 언젠가는 화운룡을 다시 만날 수 있을 것이라는 굳은 신념 하나만 가슴에 품었을 뿐이다.

그나마 다행인 것은 명림이 품속에 스무 냥 남짓한 금화를 갖고 있었다는 사실이다.

그녀는 제일 먼저 화운룡을 찾으려고 했었다. 그러나 천외신계 고수들이 동태하 전역에 깔려 생존자들을 수색하는 동시에 사망자들의 시체를 수거하고 있어서 동태하 근처에 접근조차 할 수가 없었다.

더구나 그녀들은 온몸에서 피고름을 흘리고 있는 끔찍한 몰골이고 한 걸음을 움직이는 것이 고역이라서 사람들 눈에 띄기 십상인 데다, 충분한 시일 동안 치료와 정양을 병행하지 않으면 목숨이 위태로운 형편이었다.

결국 그녀들은 처음에 자신들이 찾아들었던 마을의 의원으로 다시 찾아가서 몇 달 동안 치료를 받고서야 상처가 아물어 목숨을 부지할 수 있게 되었다.

그렇지만 치료를 끝낸 그녀들의 모습은 너무도 끔찍해서 거리에 나섰다가는 사람들의 돌팔매와 몽둥이찜질을 당하기 십상이었다.

명림과 호아에겐 예전의 반의반에도 미치지 못하는 무공이 남아 있었지만 그것으로 돌팔매하는 사람들을 죽일 수는 없는 노릇이었다.

그렇다고 목숨이나 부지하자고 깊은 산속 같은 곳으로 들어가서 짐승처럼 살아갈 수는 없었다.

그렇게 하면 꿈에도 그리워하는 화운룡을 다시는 만날 수 없기 때문이다.

그래서 두 여자는 온몸을 옷과 헝겊, 모자로 감싸서 끔찍한 모습을 감춘 채 주로 강소성과 산동성, 하북성을 오가면서 화운룡을 찾아다녔다.

그녀들은 화운룡이 죽었을 것이라는 생각은 한 번도 해본 적이 없었다.

그녀들에게 있어서 화운룡이란 절대로 죽지 않는 불사신 같은 존재였다.

그러므로 화운룡이 살아서 언젠가는 다시 활동을 시작할 것이며, 그녀들이 살아 있는 한 그를 다시 만날 것이라는 사실을 의심하지 않았다.

그래서 그녀들은 마지막 남은 돈을 투자하여 사람들이 많이 다니는 이곳 북요하 포구에 주루 겸 객점을 냈다.

화운룡을 다시 만날 수 있다는 일념 하나만으로 이곳에서 반년 동안 주루에서 온갖 수모를 당하면서 살아왔다.

"이게 꿈이 아니지요?"

얘기 끝에 명림은 또 눈물을 흘리면서 옆에 앉은 화운룡의 손을 잡고 쓰다듬었다.

명림이 길고 긴 얘기를 하는 동안 울지 않는 사람은 아무도 없었다.

화운룡마저도 고개를 숙인 채 뚝뚝 굵은 눈물을 흘렸다. 그것은 그가 미래에서도, 그리고 과거에도 절대로 보여주지 않았던 인간적인 모습이다.

화운룡은 양쪽에 앉은 명림과 호아의 어깨를 안고 가만히 잡아당겼다.

"절대 꿈이 아니다."

명림은 백 번 천 번 생각해 봐도 너무나 감격스러운 일이라서 눈물을 그치지 못했다.

"당신이 살아계실 것이라고 굳게 믿었지만… 이렇게 갑자기 우리에게 찾아오고 또 우리를 멀쩡하게 고쳐주시다니… 어떻게 이걸 현실이라고 믿을 수 있겠어요……?"

명림에게 기꺼이 화운룡 오른쪽 자리를 내어준 손설효가 눈물을 닦으면서 탁자에 차려진 요리들을 가리켰다.

"그런데 림 언니는 요리를 언제 배운 거예요? 예전에는 요리를 못했잖아요?"

호아가 대신 대답했다.

"이 주루를 인수하기 전에 전 주인에게 한 달 동안 요리를 배우셨어요. 사부님께선 솜씨가 있으셔서 이 근처에서 우리 주루 요리와 곡주가 가장 맛있다고 소문났어요."

호아는 화운룡의 제자가 되기 전에 명림의 제자였었다.

그때 주렴이 걷어지며 누군가 들어서는데 어제 저녁에 왔던 두 명의 녹보다.

화운룡은 어제 녹보들과 마주쳤을 때의 그 용모로 재빨리 변신했다.

"이른 아침이면 이곳 회련루의 뜨끈한 내장탕이 그리워진다는 말이야."

"어제 술이 과해서 그러네."

두 명의 녹보는 여느 때처럼 두런두런 일상의 대화를 나누면서 들어오다가 화운룡 일행을 발견하고는 빙그레 웃으면서 목례를 했다.

화운룡 등도 녹보들을 향해 미소 지으며 목례를 보냈다.

그들은 비록 천외신계 사람이지만 명림과 호아를 인간적으로 따스하게 감싸주었다.

중원인이든 천외신계 사람이든 그런 게 무에 대수라는 말인가. 사람이 정을 알고 의리가 있으면 그것이 진정 의인이 아니겠는가.

녹보 한 명이 주방에 대고 외쳤다.

"소아! 뜨끈한 내장탕 두 그릇 다오!"

화운룡 양옆의 명림과 호아가 발딱 일어섰다.

명림은 소매를 둥둥 걷어붙이고 주방으로 향했다.

"잠시만 기다려요. 내가 최고로 맛있는 내장탕을 만들어줄 테니까요."

"어……?"

생전 처음 보는 눈부시게 아름다운 미인이 자신들에게 생 긋 미소를 짓더니 주방으로 달려가는 모습을 보고 녹보들은 어리둥절해졌다.

호아가 화운룡 등이 앉은 탁자 옆자리를 안내했다.

"무동(武東) 아저씨, 사루암(使樓岩) 아저씨, 여기에 앉으세요. 곧 엽차를 가져다 드릴게요."

희고 어여쁜 호아가 생글생글 웃으면서 자리를 권하자 녹보 들은 자리에 앉을 생각은 하지 않고 어안이 벙벙한 얼굴로 중 얼거렸다.

"소아는 어디에 있소?"

호아가 두 녹보에게 가까이 다가가서 두 손을 앞에 모으고 공손히 말했다.

"제가 소아예요."

"……"

수아는 화운룡을 가리켰다.

"저분은 화타를 능가하는 유명한 의원이신데 어젯밤에 저와 림 아주머니를 말끔히 고쳐주셨어요."

두 명의 녹보는 호아와 화운룡을 번갈아 쳐다보며 믿기 어렵다는 표정을 지었다.

화운룡이 빙그레 미소 지으며 설명했다.

"나는 불이나 뜨거운 물에 덴 환자를 고치는 것이 전문이오. 이 두 사람을 고치는 것이 매우 힘들었으나 밤을 꼬박 새워서 드디어 말끔하게 치료했소."

"오오……."

화운룡이 구체적으로 설명을 하자 그제야 녹보들은 믿음이 가는 모양이다.

호아는 눈물을 글썽거리며 두 녹보에게 말했다.

"그동안 정말 고마웠어요, 무동 아저씨, 사루암 아저씨."

"소… 소아……."

"저와 림 아주머니는 저분 의원님을 따라서 이곳을 떠나기로 했어요. 의원님께서 저희를 제자로 거두어주셨거든요."

두 명의 녹보는 꽃처럼 어여쁘게 변한 호아를 눈을 껌뻑이면서 잠시 쳐다보더니 이윽고 고개를 끄떡이며 진심으로 기뻐해 주었다.

"정말 잘되었다. 어딜 가더라도 잘 살아야 한다."

"의원 선생, 소아와 림 아주머니를 잘 부탁하오."

화운룡은 가슴이 훈훈해졌다.

"알겠소."

천외신계 사람이라고 해서 다 나쁜 것은 아니다.

북쪽에 위치한 북경이라지만 찌는 듯한 여름밤의 무더위는
예외가 없었다.

한 줄기 소나기라도 쏟아진다면 조금 시원해지련만 밤하늘
에는 잔별만 무수히 떠서 비 올 기미라곤 보이지 않았다.

늦은 밤인데도 불구하고 북경 성내 거리에는 사람들이 많
이 나와 있었다.

사람들은 돌아다니지 않고 주로 성내의 물가에 눕거나 앉
아서 더위를 피하고 있는 모습이다.

얼마나 더운지 아예 호수의 얕은 곳에 들어가서 몸을 식히
는 사람들도 꽤 많았다.

북경 성내에서 물가를 찾으려면 자금성 서쪽에 줄지어 있는
세 개의 호수 즉, 북해(北海), 중해(中海), 남해(南海)와 남해에서
흘러나와 자금성을 크게 한 바퀴 도는 해자(垓子), 그리고 해
자가 끝나는 자금성 북쪽의 하화지(荷花池)와 십찰해(十刹海)로
가야 한다.

성내에서 호수나 수로가 전부 자금성 주변에 몰려 있는 탓
에 더위를 식히려는 수천 명의 성민들이 여름밤에 때아니게

자금성 주변에 우글거리고 있다.

물론 호수나 수로의 안쪽 즉, 자금성 근처로는 절대 들어가지도 접근하지도 못한다.

더위를 식히러 나와 있는 수많은 사람들 머리 위 까마득한 야공을 검은 새 한 마리가 가로질러 자금성으로 날아드는 것을 본 사람은 아무도 없다.

지상에서 오십 장 높이의 밤하늘을 날아간 검은 새는 다름아닌 일신에 흑의 경장을 입은 화운룡이다.

그는 예전에, 아니, 미래에 자금성을 내 집처럼 드나들었기 때문에 자금성 안은 손금을 보듯이 훤하다.

그렇지만 동초후가 황제의 거처에 머무는지 아니면 다른 곳에 있을지는 알 수가 없다.

화운룡은 가장 쉬운 방법을 선택했다. 동초후가 머무는 장소를 알 만한 자를 제압해서 알아내는 것이다.

자금성 내의 경계는 예상했던 것만큼 심하지 않았다. 그러나 원래 눈에 보이는 경계보다는 보이지 않는 경계가 더 삼엄하고 무서운 법이다.

화운룡은 은형인(隱形人: 투명인간)을 전개하여 모습을 보이지 않게 한 후 동초후의 거처로 숨어들었다.

심천촌에서 세상으로 나온 후 지난 넉 달 동안 태자천심운이 공력을 증진시켜 준 덕분에 현재 그는 거의 구 갑자에 근접한 오백삼십 년의 공력을 지니게 되었다.

그 정도면 미래에서 팔십사 세의 십절무황이 우화등선을 시도하려던 시기의 공력과 맞먹는 수준이다.

그가 들어선 태화전(太和殿)은 무더운 여름밤인 탓에 문과 창이 모두 활짝 열려 있다.

그리고 그곳들 모두에는 보이는 곳과 보이지 않는 곳에서 삼엄하게 경계를 하고 있는 중이다.

보이지 않는 곳에 경계가 있다고 해서 그의 눈에까지 보이지 않는 것은 아니다.

반면에 동초후가 있다는 태화전 안은 여러 곳의 대전과 복도, 낭하, 수십 개의 방 앞에 시위와 시녀들만이 무릎을 꿇은 채 단정한 자세로 앉아 있지만 아무도 없는 것처럼 쥐 죽은 듯이 고요했다.

화운룡은 추호의 기척도 없이 태화전 일 층 대전에서 이 층으로 둥실 떠올랐다가 한쪽 방향으로 느릿하게 날아갔다. 그쪽 방향에서 기척이 났기 때문이다.

이어서 그는 홍옥으로 만든 주렴이 바닥까지 늘어져 있는 어느 입구에 내려섰다.

입구 양쪽에는 두 명의 시녀가 무릎을 꿇고 꼿꼿한 자세로 앉아 있다.

그리고 안쪽에서 두런두런 말소리가 흘러나오고 있었다.

그런데 중원인들이 사용하는 한어(漢語)가 아닌 이민족의 언어로 대화를 하고 있다.

화운룡은 그런 언어를 미래에 들은 적이 있었다. 그 언어는 고구려 말 즉, 동이어(東夷語)인데 그는 조금쯤 알아듣고 말할 수 있다.

*   *   *

그때 길게 늘어진 옥주렴이 미풍 때문인 것처럼 아주 가볍게 살랑살랑 흔들렸다.

소리는 일체 나지 않았지만 꿇어앉아 있는 시녀는 고개를 돌려 잠시 쳐다보았다가 아무도 없자 다시 정면으로 시선을 주었다.

방금 전에 주렴이 미미하게 흔들린 것은 은형인이 된 화운룡이 그곳을 통과했기 때문이다.

그가 들어선 곳은 넓고 으리으리한 내실이다. 그곳을 중심으로 양쪽에 통로와 여러 방이 있는데, 오른쪽에 있는 방의 입구에 두 명이 태산처럼 버티고 서 있으며 한눈에 보기에도 절정고수가 분명하다.

화운룡이 눈도 깜빡이지 않고 서 있는 두 명의 절정고수 가운데로 미끄러져 들어갔지만 그들은 미풍조차도 전혀 느끼지 못했다.

실내에 들어서 말소리가 들리는 방향으로 미끄러져 간 화운룡은 그곳 화려하고 둥근 홍옥 탁자에 둘러앉아 있는 세 사람을 발견하고 뜻밖이라는 표정을 지었다.

그들 세 사람 중에서 화운룡이 익히 알고 있는 얼굴이 하나 있었다.

바로 광덕왕 주헌결이다.

동초후를 보러 온 화운룡은 설마 동초후 거처에서 주헌결을 보게 될 것이라고는 예상하지 못했다.

탁자 둘레의 세 사람은 술을 마시면서 동이어로 대화를 하고 있는데 주헌결의 동이어는 유창했다. 그가 동이어를 하는 것은 뜻밖이다.

화운룡의 짧은 동이어 실력으로는 이들 세 명이 천여황과 황궁 등에 대해서 무슨 내용으로 대화를 나누고 있는지 알 수가 없다.

그런데 그때 화운룡은 주헌결 오른쪽에 앉아 있는 인물을 보고는 조금 어이없는 표정을 지었다.

그는 날아오르는 한 마리 용맹한 독수리가 수놓인 비단 홍의를 입었으며 반백 머리에 반백 눈썹과 수염을 짧게 기른 모습인데, 서초후가 분명했다.

중원총독 동초후를 찾아왔는데 그곳에 주헌결만이 아니라 서초후까지 있다니 이거야말로 뜻밖이다.

화운룡은 주헌결은 물론이고 서초후까지 둘 모두에게 인연이 깊은 편이다.

화운룡이 비룡은월문 목전에 두고 천여황에게 급습을 당하기 전에 마지막으로 마주쳐서 싸웠던 천외신계 인물이 바로 서초후였다.

그 당시 서초후는 오천 명의 천외신계 정예투정수들과 일만의 군대로 화운룡을 비롯한 비룡검사들을 몰살시키려고 했으나 오히려 그들이 몰살을 당했다.

그리고 화운룡은 서초후를 제압한 상황에서 죽일 수도 있었지만 천여황에게 자신의 경고를 똑똑히 전하라는 의미로 그를 놔주었었다.

그렇지만 서초후가 천여황에게 말을 전하기도 전에 화운룡은 그녀의 공격으로 지리멸렬하고 말았다.

어쨌든 이런 곳에서 서초후를 보게 된 것이 잘된 일이 될 것인지 좋지 않은 일이 될 것인지는 이제부터 두고 보면 알 터이다.

주헌결, 서초후와 같이 앉아 있는 오십 대 후반의 인물이 필경 동초후일 것이다.

동초후가 아니고는 동초후 거처에서 주헌결, 서초후와 술을 마실 인물이 없다.

화운룡은 천천히 주위를 둘러보았다.

실내에는 그들 세 명과 약간 떨어진 곳에 시립해 있는 두 명의 시녀, 그리고 입구를 지키는 두 명의 절정고수뿐이다.

확인이 끝난 화운룡은 시간을 끌지 않고 즉시 계획을 실행하기로 마음먹었다.

이들이 무슨 대화를 나누고 있든지 그런 건 중요하지도, 알고 싶지도 않았다.

그가 동초후라고 짐작하는 인물 뒤에 가서 섰지만 동초후는 물론이고 서초후와 주헌결은 대화에만 빠져 있을 뿐 그의 존재를 전혀 모르고 있다.

그는 그렇게 선 채 잠시 계산을 했다. 자신을 비롯한 이들 세 명 주위에 무형막을 쳐서 어떤 소리나 기척이라도 새어 나가지 않도록 할 것이냐.

아니면 그냥 이대로 급습을 가해서 제압하는 것이 좋으냐를 가늠하는 것이다.

무형막을 치게 되면 안전하기는 하지만 공력이 약간 소모될 것이다.

그리되면 동초후와 서초후 둘을 동시에 제압하는 일이 어려울 수도 있다그러나 무형막을 치지 않고 급습을 하면 입구를 지키는 절정고수와 시녀들이 알아차릴 수가 있다. 그들이 무서운 것이 아니라 소리를 지르거나 또 다른 돌발적인 반응을 보일 수도 있기 때문이다.

동초후 뒤에 바짝 붙어서 급습을 하면 그는 쉽게 제압할 수 있을 테지만 맞은편에 앉아 있는 서초후까지 거의 동시에 제압을 해야 하기 때문에 어려움이 따른다.

더구나 갑작스러운 변고에 주헌결이 어떤 반응을 보일지도 염려스럽다.

모르긴 해도 느닷없이 눈앞의 두 명에게 변고가 발생하면 주헌결로서는 반사적으로 소리를 지르게 될 것이다.

결국 여기까지 생각한 화운룡은 무형막을 치는 것으로 결정을 내렸다.

무형막을 치게 되면 백 년 정도의 공력이 소모될 터이다. 그리고 동초후만이 아니라 서초후까지 동시에 제압을 하는 것으로 마음먹었다.

서초후는 초절고수다. 화운룡이 동초후를 제압하고 나서 서초후를 급습하는 찰나지간에 서초후가 어떤 반응을 보일 수도 있는 것이다.

화운룡의 존재는 아무도 모르고 있다. 즉, 급습의 이점을 최대한 활용해야 한다.

그때 갑자기 주헌결이 뭐라고 말하면서 일어섰다. 그가 무슨 말을 했는지 알아들을 수가 없다.

주헌결은 조금 급한 걸음걸이로 입구가 아닌 다른 방향으로 사라졌다.

그가 어디에 가든 화운룡으로서는 잘된 일이다. 주헌결이 소리를 지르게 될 일이 없어졌다.

마지막 한 가지 조심할 것은 무형막을 치는 일이다. 무형막을 칠 때는 일체의 기척도 없지만 외부와 완벽하게 차단이 되기 때문에 먹먹해지는 느낌이 들게 된다.

그러므로 동초후와 서초후가 그것을 알아차리고 어떤 반응을 보이기 전에 제압해야 한다.

주헌결이 어디론가 가고 나서 잠시 대화가 끊어지더니 동초후와 서초후가 동시에 술잔을 들었다.

그 순간 화운룡은 재빨리 무형막을 쳐서 자신을 비롯한 동초후와 서초후를 감쌌다.

술잔을 들던 동초후와 서초후의 표정이 변하면서 멈칫하는 순간, 화운룡이 양손으로 각각 동초후와 서초후에게 새로 연마한 여의칠천 중에 여의사천(如意四天) 여의천지(如意天指)를 발출했다.

여의천지의 속도와 위력은 항룡지의 다섯 배이며 일체의 소리도 기척도 나지 않는다.

이상한 느낌에 동초후는 몸을 일으키려다가, 그리고 서초후는 주위를 둘러보려다가 각각 다섯 개씩의 지강(指罡)에 혈도가 적중되어 마혈과 아혈이 제압됐다.

동초후는 자리에서 막 일어서려고 엉덩이가 의자에서 살짝 떨어진 자세로, 서초후는 두리번거리려고 고개를 돌리는 자세에서 굳어버렸다.

두 명은 손에 술잔을 쥔 채 두 눈만 부릅뜨고 눈동자를 쉴 새 없이 굴렸다.

화운룡이 무형막을 걷고 슬쩍 어깨를 가볍게 흔들자 어느새 그는 입구의 절정고수 두 명 뒤로 이동해 있었다.

천외신계 천신국의 오국 중에서 동천국(東天國) 즉, 동이족 고구려 복장을 하고 있는 두 명의 절정고수는 화운룡의 가벼운 손놀림에 선 채로 제압됐다.

어쩌면 그들은 줄곧 미동조차 없이 서 있었고 앞으로도 계속 움직이지 않을 것이기 때문에 자신들이 제압됐다는 사실을 모를 수도 있다.

이어서 화운룡은 한쪽에 시립해 있는 두 명이 시너마저도 제압한 후에 동초후와 서초후가 있는 곳으로 돌아왔다.

동초후와 서초후는 눈을 껌뻑거리기만 할 뿐 꼼짝도 하지 못한 채 놀라는 표정을 짓고 있다.

화운룡은 동초후의 어깨를 슬쩍 눌러서 자리에 앉혔다.

그 순간 동초후의 두 눈이 찢어질 듯이 더 부릅떠졌다. 아무도 없는데 무엇인가 어깨를 슬쩍 눌러서 자신을 의자에 앉히니까 경악할 수밖에 없다.

그것을 보고 있는 서초후도 놀라기는 마찬가지다.

동초후와 서초후는 자신들이 암중의 누군가에게 제압됐다고 직감했다.

그렇지만 쉽사리 믿어지지 않는 사실이다. 그들은 천여황을 제외하고는 자신들을 능가할 인물은 존재하지 않는다고 믿고 있기 때문이다.

설혹 그런 인물이 존재한다손 치더라도 일대일로 싸우다가 제압됐다고 해야 이치에 맞는다.

그런데 암습자가 눈에 보이지도 않는 상황에서 동초후와 서초후를 동시에 제압했다는 사실을 도대체 어떻게 믿을 수 있다는 말인가.

그때 실내에 주헌걸이 나타났다. 아마 그는 볼일을 보러 측간에 다녀오는 길인 듯했다.

그는 자신의 자리에 앉아서 고개를 숙였다.

"죄송합니다. 늦었습니다."

자리에 앉은 그는 뭔가 이상한 분위기를 느꼈다. 동초후와 서초후가 술잔을 쥐고 눈을 한껏 부릅뜬 채 꼼짝도 하지 않았기 때문이다 그가 동이어로 조심스럽게 물었다.

"전하, 왜 그러십니까?"

그러나 동초후와 서초후는 부릅뜬 눈만 껌뻑거릴 뿐이지 아무런 반응이 없다.

하지만 주헌결은 설마 이 두 사람이 누군가에게 제압됐을 것이라고는 눈곱만큼도 생각하지 않았다.

주헌결은 동초후와 서초후가 얼마나 고강한 인물인지 너무도 잘 알고 있다.

더구나 삼엄한 경호가 펼쳐져 있는 자금성 내에서 제압당하다니 그야말로 어불성설이다.

그때 주헌결은 기절초풍할 일을 목격했다. 저만치에 있는 의자 하나가 저절로 둥실 떠서 이쪽으로 둥둥 날아오고 있는 것이다.

"저… 저거……."

그러더니 의자가 주헌결 옆에 놓이고 그곳에 누가 앉는 것 같은 느낌이 들었다.

그는 아무도 없는 의자를 쳐다보며 엉거주춤 자리에서 일어나 귀신에 홀린 것 같은 표정을 지었다.

"으으……."

그때 갑자기 아무것도 없는 허공중에 한 사람의 모습이 스르르 나타났다.

그러고는 진면목의 화운룡이 의자에 단정한 자세로 앉아 있는 모습이 드러났다.

"아······."

주헌결은 일어나서 화운룡을 보며 심장에 창이 찔린 듯한 표정을 지었다.

"앉으시오."

화운룡이 조용히 중얼거렸지만 주헌결은 듣지 못한 듯 혼비백산한 얼굴로 더듬거렸다.

"비··· 룡공자··· 당신이오?"

예전에 화운룡이 그를 한 번 만나서 아내의 숙부로 깍듯하게 예우했을 때 그는 화운룡에게 하대를 했으나 지금은 그럴 정신이 아니다.

"내가 맞소. 앉으시오."

"도··· 대체 어떻게······."

화운룡은 주헌결도 피해자 중 한 사람이라는 사실을 잘 알기에 그에게는 억하심정 같은 것이 없다.

화운룡은 동초후의 오른쪽, 서초후의 왼쪽에 앉았으므로 그들은 화운룡의 모습을 볼 수 있다.

화운룡을 본 적이 없는 동초후는 눈을 껌뻑이면서 경악할 뿐이지만 화운룡에게 목숨을 구함받은 적이 있는 서초후는 심장이 목구멍으로 솟구칠 정도로 대경실색했다.

주헌결은 후드득 세차게 몸을 떨더니 간신히 의자에 앉았
지만 화운룡에게서 시선을 떼지 않았다.

　화운룡은 동초후와 서초후를 보면서 조용히 입을 열었다.

　"지금 아혈을 풀어줄 텐데 만약 허튼짓을 한다면 그 순간
죽게 될 것이다."

　말하고 나서 화운룡은 잠시 가만히 있었다. 두 명이 지금
상황을 충분히 인식하라는 뜻이다.

　화운룡이 둘을 순식간에 제압했으므로 죽이는 것은 손바
닥을 뒤집는 것보다 쉬울 것이라는 사실을 말이다.

　화운룡은 가만히 앉아 있는데 갑자기 동초후와 서초후는
목과 턱 부위가 뜨끔한 것을 느꼈다.

　아혈이 풀린 것이다. 그 하나의 수법으로도 둘은 이미 기가
질려 버렸다.

　동초후와 서초후는 화운룡이 위협해서가 아니라 현 상황을
직시한 탓에 아혈이 풀렸음에도 소란을 피우지는 않았다.

　소란을 피우면 즉시 죽이겠다고 했으므로 쓸데없는 일로
목숨을 잃을 필요는 없다.

　노한 마혈이 풀렸으면 모르되 말만 하게 된 것으로는 화운
룡을 어떻게 하지 못한다.

　화운룡이 옥으로 만든 술병을 들어 주둥이를 입에 대고 길
게 한 모금 마셨다.

옥봉이 있는 장소를 알아내야 하는 지금 이 상황에 그는 무엇보다도 술이 가장 마시고 싶었다.

그는 술병을 입에서 떼고 왼손으로 입을 문지르고 나서 조용히 말문을 열었다.

"나는 당금 천하에서 벌어지는 일에 관심이 없다."

동초후와 서초후에게 하는 말이다.

목이 탄 화운룡은 다시 술을 마시고 나서 말을 이었다.

"내 관심사는 내 아내와 가족, 측근들의 생사뿐이다."

"너는 누구……."

뻐걱!

"윽……."

화운룡이 다시 술병을 입에 대고 있는데 동초후의 턱에서 둔탁한 소리가 터지며 고개가 휙 돌아갔다.

동초후나 서초후로서는 겨우 흉내 정도나 낼 수 있는 무형지기의 솜씨다.

그 정도 강하게 얻어맞았으면 동초후가 몇 장 밖으로 날아가야 마땅하지만 그는 단지 고개만 슬쩍 돌아갔을 뿐이다. 그것이 바로 때리는 사람의 훌륭한 기술이다.

"한 번만 묻겠다. 잘 생각하고 대답해라."

대답을 잘못하거나 마음에 들지 않을 경우 죽일 수도 있고 방금 진 같은 징계를 줄 수도 있다는 뜻이다.

동초후와 서초후는 바짝 긴장했다. 이런 긴장은 그들이 천여황 앞에서나 느꼈던 것이다.

"내 아내는 어디에 있느냐?"

"네 아내가 누구냐?"

동초후가 불쑥 물었다.

대답을 기대했던 화운룡의 미간이 잔뜩 좁혀졌다.

"나는 네 아내가 누군지 모른다."

동초후는 화운룡이 살수를 전개하거나 징계를 내리는 것을 그다지 두려워하지 않는 듯한 표정이다.

천외신계 초후의 신분이라면 그런 것을 두려워하지 않을 신분이기는 하다.

화운룡은 잠시 침묵하고 술을 마셨다.

이들은 그의 아내가 누군지 모르고 있다. 비룡공자를 우습게 여겨서가 아니라 그가 혼인을 한 사실을 모르거나, 옥봉이 죽었거나, 아니면 그녀가 신분을 감춘 채 어디론가 잠적했기 때문일 수도 있다.

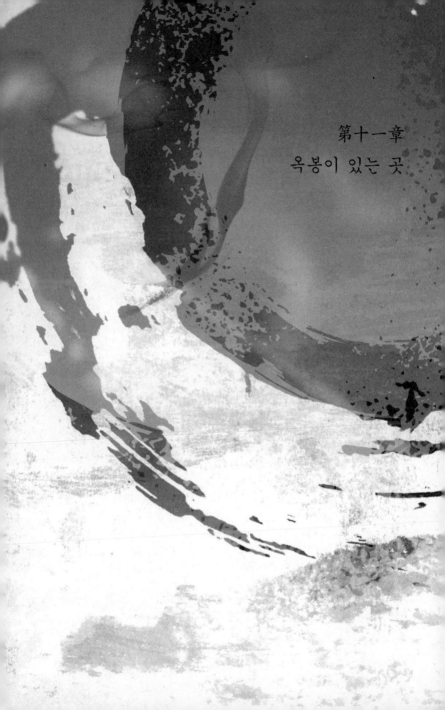

第十一章
옥봉이 있는 곳

화운룡은 이번에는 질문 내용을 바꾸었다.

"비룡은월문에서 끌고 간 사람들은 어떻게 되었느냐?"

동초후는 씁쓸한 표정을 지었다.

"그런 사사로운 것은 모른다."

화운룡에게는 목숨보다 더 중요한 일이 동초후에게 사사로운 일이다. 보통 사람이었다면 그 말에 분노했을 것이나 화운룡은 씁쓸한 기분이 되었다.

그는 일이 복잡해지고 있음을 느꼈다. 동초후가 그것들을 알아 오도록 시켜야 하기 때문이다.

그때 주헌결이 조심스럽게 말문을 열었다.

"비룡은월문 사람들은 모두 무사한 것으로 알고 있소."

화운룡은 크게 마음이 놓였다.

"그렇소?"

"그들이 어디에 있는지 모르지만 아마 내 딸도 거기에 있을 것이오."

"자봉 말이오?"

"그렇소. 그 아이는 내게 돌아오지 않았소."

화운룡은 의아한 표정을 지었다.

"어떻게 그럴 수가 있소?"

"인편을 통해서 내게 서찰이 한 통 왔을 뿐이오. 자기는 그곳에 있겠다고 말이오."

화운룡은 주헌결의 딸 자봉이 옥봉과 함께 있으려고 돌아오지 않은 것이라는 생각이 들었다. 하물며 자봉의 오빠인 주형검과 하북팽가의 팽일강, 팽소희도 다 집에 돌아왔다.

비룡은월문에서 자봉은 주형검이나 팽씨 남매들과 지내지 않고 운룡재에서 옥봉과 함께 지냈었다. 옥봉과 각별한 사이인 자봉이 유배지에서 그녀와 같이 있으려고 하는 것은 이상한 일이 아니다.

"그곳이 어디요?"

주헌결은 씁쓸한 얼굴로 고개를 저었다.

"모르오."

"알아보지 않았소?"

주헌결의 얼굴이 착잡해졌다.

"그 아이가 신분을 감추고 잠적했기 때문에 찾을 수가 없는 것이오."

화운룡이 보기에 주헌결은 자봉이 왜 그랬는지 이유를 짐작하고 있는 것 같았다. 그렇지만 그는 그 이유에 대해서는 아무 말도 하지 않았다.

그 이유를 말하면 옥봉에 대해서 말해야 하기 때문에 동초후와 서초후가 있는 자리에서 함구하는 것 같았다. 그렇다면 자봉이 있는 곳에 옥봉이 있을 가능성이 크다. 아니, 거의 확실하다. 자봉이 집에 돌아오지 않는 이유는 옥봉을 혼자 두고 떠나올 수 없기 때문일 것이다.

그렇다면 자봉을 찾으면 된다. 천외신계는 애당초 화운룡에게 아내가 있었는지조차도 관심이 없었다.

그러니까 동초후더러 옥봉을 찾아내라는 것보다는 자봉을 찾으라는 쪽이 빠를 것이다. 화운룡으로서는 동초후와 서초후가 옥봉의 존재에 대해서 알게 된다고 해도 상관이 없다.

자봉이 있는 곳을 알아낸 다음에 그들을 죽여도 되고 잠혼백령술로 옥봉에 대한 기억을 봉인해 버려도 된다.

화운룡이 천외신계와 전면전을 선포한 것이 아니기 때문에 동초후와 서초후를 죽이는 것은 좋지 않다.

이윽고 화운룡이 동초후에게 물었다.

"자봉이 누군지는 아느냐?"

동초후는 주헌결을 힐끗 보고 나서 고개를 끄떡였다.

"광덕왕의 딸이라고 알고 있다."

"자봉이 있는 곳은 아느냐?"

"모른다."

"알아낼 수 있느냐?"

동초후는 잠시 생각하다가 고개를 끄떡였다.

"알아낼 수 있을 것이다."

"그렇다면 알아내라."

동초후가 미간을 좁혔다.

"이렇게 제압된 상태로 말이냐?"

"풀어주겠다."

풀어주겠다는 말에 동초후와 서초후, 주헌결의 표정이 가볍게 변했다. 동초후가 불쑥 물었다.

"그런데 너는 누구냐?"

서초후가 대신 대답했다.

"그는 비룡공자요."

"어……"

키가 크고 거쿨진 체구에 관운장 같은 검은 수염을 기른

위풍당당한 동초후는 적이 놀라는 표정을 지었다.

파파파파팍……

순간 화운룡이 손을 뻗어 동초후의 상체 스물일곱 군데 혈도를 순식간에 찍어서 잠혼백령술로 심지를 제압하는 것과 동시에 마혈을 풀어주었다.

그러나 동초후의 눈빛이 흐리멍덩하거나 표정이 달라지지 않았기 때문에 서초후와 주헌결은 화운룡이 그에게 무슨 짓을 했는지 짐작조차 하지 못했다.

"가서 자봉이 어디에 있는지 알아 와라."

화운룡이 명령하자 동초후는 가타부타 아무런 말 없이 벌떡 일어나서 입구로 성큼성큼 걸어갔다.

주헌결과 서초후는 움찔하며 표정이 변했다. 대체 어떻게 돌아가는 상황인지 금세 이해가 되지 않았다.

자봉이 있는 곳을 알아 오라고 저렇게 동초후를 혼자 보내 놓고서도 화운룡은 태연하게 앉아 있다.

잠시 생각하던 서초후는 조금 전에 화운룡이 동초후의 상체 수십 군데 혈도를 두드린 것이 그의 심지를 제압한 것이라고 짐작했다. 그러지 않고는 동초후를 혼자 보낸다는 것은 말이 되지 않는 일이다.

"그의 심지를 제압한 것인가?"

"그렇다."

서초후의 물음에 화운룡은 솔직하게 대답했다. 거짓말을 할 이유가 없다.

"나도 저렇게 할 것인가?"

"죽고 싶으냐?"

서초후는 미간을 찌푸렸다.

"무슨 뜻이냐?"

"내 볼일이 끝나면 너희 둘의 심지를 제압하여 여기에서 있었던 일을 망각하게 만들거나 죽여야 한다. 너는 둘 중에 무엇을 선택하겠느냐?"

"음……."

"원하는 대로 해주겠다."

서초후는 어떻게 해달라고 말하지 않았지만 죽기 싫은 것만은 분명했다.

동초후를 기다리는 동안 화운룡은 묵묵히 술을 마셨고 주헌결과 서초후는 물끄러미 그를 바라보았다.

그는 서초후하고도 할 말이 있을 텐데 그에게는 한마디도 하지 않았다.

주헌결이 화운룡을 물끄러미 응시하다가 중얼거리는 목소리로 물었다.

"죽었다고 들었는데 어찌 된 일이오?"

"보다시피 살아 있소."

"나한테 화가 났소?"

주헌결은 화운룡의 무심한 표정과 말투에서 문득 그런 생각이 들었다. 그러나 그는 곧 생각을 바꾸었다. 화운룡은 아내 옥봉과 가족의 생사조차 알지 못해서 마음이 심란한 것이다.

주헌결은 씁쓸한 표정을 지었다.

"보다시피 나는 허수아비요."

그는 자신이 무슨 말을 하더라도 화운룡이 서초후의 기억을 지울 테니까 괜찮을 것이라고 생각했다.

"황궁과 중원에 대한 실권은 동초후가 쥐고 있으며 나는 그를 돕고 있을 뿐이오."

화운룡이 물었다.

"천여황은 어디에 있소?"

"모르오."

화운룡은 천외신계가 무엇을 하든 대명제국이 어떻게 되든 추호도 관심이 없다.

그의 목적은 오로지 옥봉과 가족, 최측근들의 행방을 알아내서 그들을 구하는 것이다.

그리고 그들을 구할 수 있는 데까지 구한 다음에는 천여황에게 복수할 계획이다. 지금은 그것뿐, 다른 생각 같은 것은 하지 않는다.

화운룡에게 할 말이 있는 서초후로서는 이어지는 무거운

침묵이 형벌처럼 느껴졌다.

그는 예전에 화운룡에게 제압되었다가 천여황에게 말을 전하라는 전령의 역할로 목숨을 건졌지만 임무를 다하지 못한 책임에서 자유롭지 못한 형편이다.

"내가 여황 폐하를 만나뵙기도 전에 비룡은월문이 괴멸을 당했다. 그리고……."

"됐다."

화운룡이 말을 끊었다. 그는 그 일에 대해서 서초후를 나무랄 생각이 없다.

그의 말대로 그가 천여황을 만나기도 전에 비룡은월문이 천여황의 공격을 당했으며 이어서 화운룡과 측근들도 공격을 당하여 괴멸했다.

그런 것을 뻔히 알고 있는데 서초후에게 벌을 내린다면 화풀이에 다름이 아니다.

화운룡은 술을 한 잔 마시고 나서 차분하게 중얼거렸다.

"천여황은 어디에 있느냐?"

"모른다."

"알아내라."

서초후의 안색이 흠칫 변했다. 화운룡이 동초후처럼 자신도 심지를 제압해서 천여황이 있는 곳을 알아내라고 명령할 것이라 짐작했기 때문이다.

그렇지만 혈도가 제압된 상태의 서초후로서는 선택의 여지가 없다.

그저 예전에나 지금이나 화운룡 앞에서 자신의 무력함이 씁쓸할 뿐이다.

파파파파팟…….

그때 화운룡에게서 무형지기가 뿜어져 서초후의 상체 스물일곱 군데 혈도 즉, 잠혼백령술로 심지를 제압했다.

서초후는 신음 소리도 내지 않았으며 자신의 심지가 제압됐다는 사실조차 느끼지 못했다.

화운룡은 서초후에게 천여황이 어디에 있는지 알아내라는 명령을 내렸다.

서초후는 묵묵히 일어서더니 조금 전의 동초후처럼 밖으로 걸어 나갔다.

그걸 보고 주헌결은 몹시 긴장하여 화운룡의 눈치를 살폈다.

그는 화운룡이 서초후의 심지를 제압했을 것이라고 짐작했기 때문에 그가 자신에게도 무슨 짓을 할지 모른다는 생각을 한 것이다.

그러나 화운룡은 비단 주헌결에게 아무 짓도 하지 않았을 뿐만 아니라 그를 측은하게 여겼다.

"장인어른 소식은 들었소?"

화운룡의 목소리가 조용하고 부드러워지자 주헌결은 내심 안도하며 고개를 가로저었다.

"형님에 대해서는 전혀 모르오."

주헌결이 형인 정현왕 주천곤에 대해서 아무것도 모른다는 것은 그의 행동이 자유롭지 못하며 천외신계에게 제약을 받고 있다는 뜻이다.

어찌 보면 주헌결도 불행한 사람이다. 대명제국 황제의 친동생으로서 처음부터 천외신계의 표적이 되어 허수아비로 살아왔으며 또 살아가고 있으니까 말이다.

"옥봉이 있는 곳을 알아내면 아마 그곳에 형님이나 형수님 등 가족들이 있을 가능성이 크오."

주헌결의 말에 화운룡은 고개를 끄떡였다.

"그럴 것이오."

"옥봉과 형님 등 가족을 꼭 구하길 빌겠소."

화운룡이 말없이 고개만 끄떡이자 주헌결이 진심 어린 표정으로 말했다.

"내가 도울 일이 없소?"

"없소. 고맙소."

주헌결은 주위를 두리번거리다가 옆에 앉은 화운룡 쪽으로 상체를 기울이고 목소리를 낮추었다.

"나는 명나라를 되찾을 계획이오."

화운룡이 묵묵히 듣기만 하자 주헌결이 용기를 내서 말을 이었다.

"비밀리에 군사들을 모으고 있소."

주헌결이 명나라를 되찾으려고 비밀리에 노력한다는 사실은 뜻밖이지만 화운룡의 관심을 끌지는 못했다.

주헌결은 조금 머뭇거리다가 어렵게 입을 열었다.

"무림고수 천 명은 군사 십만 명보다 큰 힘이 될 수 있소. 그러니 귀하가 중심이 되어 뜻있는 무림고수들을 규합해 줄 수 없겠소?"

"전혀 그럴 생각이 없소."

화운룡은 일언지하에 거절했다.

주헌결 얼굴에 실망하는 기색이 역력하더니 잠시 후 씁쓸한 표정을 지었다.

"괜한 말을 해서 미안하오. 나는 무림에 대해서는 전혀 아는 것이 없어서……."

화운룡은 술 한 잔을 마시면서 잠시 생각했다.

주헌결은 대명제국 황궁과 중원을 회복하려는 계획을 갖고 있으며, 구림육파와 화북대련은 무림을 되찾으려는 꿈을 품고 있다.

그러므로 이것은 함개상응(函蓋相應), 상자와 뚜껑이 잘 맞는 모양새로 서로 도움을 주고받을 수도 있을 것이다.

그러니 구림육파와 화북대련을 주헌결과 연결시켜 주어도 괜찮을 것이다.

풀이 죽어서 더 이상 말을 붙이지 못하고 고개를 숙이고 있는 주헌결에게 화운룡이 넌지시 말했다.

"소림파와 아미파, 화산파 등 여섯 개 문파가 은밀하게 모여서 구림육파라는 이름으로 무림을 구하려 활동하고 있소."

"아……."

주헌결은 사막에서 샘물을 발견한 것 같은 표정을 지었다.

구림육파라는 존재가 있다는 사실도 반갑지만 화운룡이 자신의 말에 관심을 가져주는 것이 더욱 기뻤다.

           *   *   *

화운룡이 말을 이었다.

"그리고 젊은 무림고수들이 무림을 회복하려고 모여서 결성한 조직이 있는데 화북대련이라고 하오. 현재 천여 명이며 북경 근처에 총단이 있소."

주헌결은 눈을 빛냈다.

"그들을 만나볼 수 있겠소?"

화운룡은 고개를 끄떡였다.

"그들을 연결해 주겠소."

"아······.

주헌결은 얼마나 흥분했는지 두 손을 맞잡고 엉덩이를 들 썩거렸다.

"귀하는 구림육파와 화북대련 중에 어디에 속해 있소?"

"나는 어디에도 속하지 않았소."

"그런데 어떻게 그들과 나를 연결해 준다는 것이오?"

"그들과 연결하기 싫은 것이오?"

"아, 아니오. 절대 그렇지 않소······!"

주헌결은 화들짝 놀라서 두 손을 마구 저었다.

그는 놀라서 손을 젓는 도중에 중요한 사실 하나를 깨달았 는데 화운룡이 명성 쟁쟁한 비룡공자라는 사실이다. 그러므 로 그는 구림육파나 화북대련에 속하지 않았더라도 커다란 영 향력을 행사할 것이 분명하다.

"자금성 밖으로 나올 수 있소?"

"그것이 좀······."

화운룡의 물음에 주헌결이 난색을 표했다. 주헌결이 자금성 을 나가야지만 구림육파든 화북대련이든 연결해 줄 수가 있 는데 그는 철저하게 감시를 받고 있는 몸이다.

"이곳의 일이 끝나면 내가 당신을 데리고 나가겠소."

"어떻게······."

주헌결은 화운룡이 자신을 어떻게 데리고 나갈지에 대해서 의아한 표정을 지었다가 곧 의문을 지워 버렸다. 상대가 비룡 공자이기 때문이다.

주헌결은 다시 한번 주위를 두리번거렸다.

"나는 하루 종일 감시를 받고 있소."

"동초후에게 당신에 대한 감시를 거두라고 명령하겠소. 그러면 되오?"

"아……."

감시자를 따돌리거나 제압하는 등의 방법을 쓰는 것보다는 주헌결에게 감시를 붙인 최고 결정권자를 조종하면 간단하게 해결될 일이다.

주헌결은 새삼스러운 표정을 지으며 화운룡을 바라보았다.

반시진 만에 동초후가 돌아왔다.

"알아냈느냐?"

"비룡은월문의 생존자는 총 이천칠백여 명이며 그중에 어린 아이부터 사십 세까지 젊은 사람들은 천신국에 노예로 끌려 갔고, 나머지는 동해에 있는 흑사도(黑沙島)라는 섬에서 생활하고 있습니다."

"노예?"

화운룡의 얼굴이 확 일그러졌다.

"무슨 노예냐?"

"천신오국의 노예입니다."

동초후는 몹시 공손했다.

"확실한 것이냐?"

"자봉공주라면 확실히 천신국에 있습니다."

"너희들은 그녀가 자봉공주라는 사실을 알고서 노예로 보 낸 것이냐?"

"아닙니다. 그녀는 공주라는 사실을 숨기고 단지 자봉이라 는 이름만 사용했습니다."

"음!"

화운룡의 얼굴이 무섭게 변했다. 자봉이 노예로 끌려갔다 면 옥봉도 똑같은 신세가 됐을 것이다.

꽃처럼 어여쁘고 연약한 옥봉이 노예라니 화운룡의 심중에 서 용암처럼 분노가 들끓었다.

"노예들은 무엇을 하느냐?"

"운이 좋으면 천신오국 귀족들에게 주어지지만 반대의 경우 에는 일반 백성들에게 주어집니다."

그 말인즉 운이 좋거나 나쁘거나 둘 다 매한가지 노예라는 얘기다.

"그래서 자봉은 어찌 되었느냐?"

"동천국 영주의 노예가 되었습니다."

"영주라면 존왕이냐?"

"그렇습니다."

천신국에는 다섯 나라 오국이 있으며 각 국에는 다섯 명씩의 존왕이 있는데 그들이 영주다.

"어떤 존왕이냐?"

"동삼왕(東三王)입니다."

주헌결은 딸 자봉이 있는 곳을 알게 되어 다행스럽기도 하지만 동초후가 화운룡에게 공손한 것이 몹시 신기했다.

"네가 친서를 작성해라."

"말씀하십시오."

"동삼왕에게 너의 친서를 갖고 가는 사람의 말을 무조건 들으라고 써라. 또한 천신국에서 내가 자유롭게 다닐 수 있는 징표 같은 것이 필요하다."

동초후는 고개를 숙였다.

"알겠습니다. 저의 친서와 신패를 드리겠습니다."

동초후는 천외신계의 이인자이며 동천국의 제후로서 최고 통치자다.

그 아래에 다섯 명의 존왕이 있는데 그중 동삼왕에게 자봉이 노예로 주어졌다는 것이다.

이어서 화운룡은 가장 중요한 것을 물었다.

"천신국과 동천국의 정확한 위치를 말해라."

"알겠습니다."

동초후는 화운룡이 시킨 대로 친서를 작성했으며 자신의 대리인을 나타내는 동후신패(東侯神牌)를 화운룡에게 주고, 마지막으로 천신국과 동천국의 정확한 위치를 알려주고 나서야 서초후가 돌아왔다.

서초후는 앉아 있는 화운룡 옆으로 와서 선 채 공손히 허리를 굽혔다.

"여황 폐하께서 계신 곳을 알아냈습니다. 그곳은 용황락이라는 곳입니다. 위치는……"

"용황락?"

화운룡은 어이없는 표정을 지었다. 용황락이 어디인가? 그가 미래 사십오 세 때 발견한 무릉도원이다.

그는 미래에 짝사랑하는 옥봉을 그리워하는 간절한 마음으로 수십 년에 걸쳐서 용황락을 꾸미고 가꾸어서 곳곳에 수십 채의 전각과 누각 등을 완성했었다.

일전에 서초후는 추격대의 우두머리로 화운룡을 추격했다가 오히려 그에게 제압되었을 때 용황락에 대해서 말한 적이 있었다.

서초후의 말에 의하면 천여황은 용황락을 알고 있으며 그곳에 가보기도 했는데 그곳에 몇 채의 전각과 누각들이 있었다고 했다.

화운룡은 미래 사십오 세 때 용황락을 처음 발견했으므로 과거로 돌아온 현시점에서는 그곳에 전각이나 누각 같은 것들이 없어야 이치에 맞다.

그뿐만이 아니라 천여황은 용황락에 십절무황이 있을 것이므로 그를 직접 만나서 설득하여 회유하라고 십존왕을 보내기도 했었다. 십절무황이 용황락과 밀접한 관계가 있을 것이라는 사실을 알고 있다는 얘기다.

그게 다가 아니다. 천여황은 용황락에 갔다가 돌아온 십존왕의 보고를 받고는 십절무황이 미래에서 현재로 회귀했을 것이라고 짐작했다.

구체적이지는 않지만 천여황은 십절무황 즉, 화운룡에 대해서 꽤 많은 사실을 알고 있다.

그런데 천여황이 현재 용황락에 머물고 있다는 것이다. 화운룡으로서는 이 사실을 어떻게 이해를 해야 할지 모르겠다.

"너 예전에 내가 천여황에게 전하라는 말을 전했었느냐?"

그래서 서초후에게 그렇게 물어야만 했다.

"나중에 여황 폐하를 알현하고 말씀드렸습니다."

"그녀가 뭐라더냐?"

"낙루(落淚)하셨습니다."

"낙루? 울었다는 말이냐?"

"그렇습니다."

"그런 말도 안 되는……."

화운룡은 어이가 없고 기가 막혀서 말도 나오지 않았다. 그가 천중인계의 주인이며 사신천제라는 사실을 천여황이 알고서 눈물을 흘렸다는 사실을 도대체 어떻게 해석을 해야 한다는 말인가. 그런데 서초후의 다음 말이 가관이다.

"여황 폐하께선 저의 보고를 들으시면서 매우 슬피 오열하셨습니다."

"허어……."

천여황이 그 보고를 들은 시점은 화운룡을 죽였다고 생각한 이후였다. 그렇다면 그녀는 화운룡이 사신천제라는 보고를 듣고 그의 죽음을 애달프게 여겼다는 뜻이다.

그래서 화운룡은 자연스럽게 한 가지 의문이 생겼다.

'설마 내가 아는 여자인가?'

그렇지만 그 의문은 오래가지 않았다.

'내가 천여황을 알 리가 없잖은가……?'

그가 생각해 봤지만 미래에도, 그리고 현재에도 자신이 천여황을 알고 있을 가능성은 단 일 푼도 없다고 확신했다.

"천어황 성격이 원래 괴팍하냐?"

서초후는 고개를 숙였다.

"그런 편이십니다."

만약 잠혼백령술로 심지가 제압되지 않았다면 서초후는 절대 이런 식으로 천여황을 폄하하지 못했을 것이다.

"평소에도 팍팍한 성질이냐?"

"그렇습니다."

그렇다면 조금 이해가 된다.

어쨌든 자봉과 천여황이 있는 곳을 알아냈으므로 이제 남은 일은 행동으로 옮기는 것이다.

화운룡은 앉아서 술잔을 들고 앞에 동초후와 서초후를 나란히 세운 후에 명령했다.

"지금부터는 나와 광덕왕 두 사람의 명령에 따르도록 하라. 알았느냐?"

주헌결이 움찔 놀라는데 동초후와 서초후는 공손히 허리를 굽혔다.

"분부대로 하겠습니다."

화운룡은 주헌결에게 태연하게 말했다.

"서초후는 지난 삼십여 년 동안 은밀하게 작업을 하여 대명제국 황궁과 황족, 군대, 관의 칠 할을 장악했었으니까 그를 이용하면 큰 도움이 될 것이오."

"아아……"

주헌결은 놀라서 화운룡과 서초후를 번갈아 쳐다보았다. 화운룡이 이런 말을 거침없이 하는 것에 놀라고, 그의 말대로 서초후를 이용하면 옛 대명제국의 거의 모든 세력들을 장악할 수 있을 것 같아서 더욱 놀란 것이다.

화운룡이 일어섰다.

"갑시다."

"어… 어디를……."

주헌결은 지금 크게 놀라고 있는 상황이라서 도무지 정신이 없다.

"구림육파와 화북대련 사람들을 만나지 않을 것이오?"

"아아……."

주헌결은 동초후와 서초후의 눈치를 살폈다. 그들이 심지가 제압됐다는 사실을 알고 있으면서도 화운룡의 거침없는 말에 심장이 콩알처럼 오그라들었다.

해시(亥時: 밤 10시경) 무렵, 북경의 어느 주루 이 층 지붕에 두 사람이 기척 없이 내려섰다.

화운룡과 한 명의 중년인이다. 화운룡이 삼 층 어느 창을 열더니 중년인을 먼저 안으로 들어가게 하고 나서 자신이 뒤따라 들어갔다.

실내에는 명림과 호아, 선봉, 손설효가 모여 있다가 들어서는 화운룡을 반갑게 맞이했다.

"여보."

"사부님."

"주군."

한 사람이 들어서는데 그를 부르는 호칭이 제각각이다.

명림 등은 화운룡이 낯선 사람을 데리고 왔기 때문에 물어보고 싶은 말을 참았다.

"효보보야, 막화를 불러라."

손설효가 옆방의 막화를 부르러 간 사이에 화운룡이 중년인의 손목을 잡고 약간의 진기를 주입했다.

그러자 중년인의 얼굴이 마치 미풍에 잔물결을 일으키는 수면처럼 일렁거리더니 잠시 후 주헌결의 모습으로 변했다.

자금성을 나오기 전에 화운룡이 주헌결의 얼굴을 전혀 다른 중년인으로 변화시켰다가 회복시킨 것이다.

"아……."

주헌결이 누군지 한눈에 알아본 명림만이 나직한 탄성을 터뜨릴 뿐 선봉과 호아는 아무렇지도 않은 표정이다.

명림은 화운룡이 무엇 때문에 주헌결을 데리고 왔는지 추호도 궁금하지 않은 얼굴이다. 화운룡을 무조건적으로 신뢰하기 때문이다.

손설효가 막화를 데리고 왔다.

"막화, 즉시 개방에 연락해서 구림육파와 화북대련의 우두머리를 불러라."

"알겠습니다."

막화가 나간 후에 화운룡이 주헌결에게 말했다.

"이곳에서 기다리다가 그들을 만나시오."

주헌결은 불안한 표정을 지었다.

"귀하가 나와 같이 그들을 만나는 것이 아니오?"

"내게 바쁜 일이 있다는 것을 아시잖소?"

"그렇지만……."

주헌결은 용기를 냈다.

"그들을 만날 때 귀하가 내 곁에 있어주는 것과 없는 것은 큰 차이가 있을 것이오."

그의 말은 옳다. 화운룡이 있는 것과 없는 것은 큰 차이가 있을 터이다.

하지만 화운룡은 주헌결에게 할 만큼 했으므로 더 이상 자비를 베풀고 싶지 않았다.

더구나 옥봉과 같이 있을 것으로 확신하는 자봉이 있는 곳을 알아낸 마당에 한시라도 지체하고 싶은 마음이 없다.

화운룡은 다시 거절하려다가 생각을 고쳤다. 화북대련의 련주라는 청룡전도와 주작운검에 대한 생각이 떠올랐고 그들을 만나보고 싶었다.

그 두 사람이 청룡전가와 주작운가 사람이라면 어째서 무림의 일에 관여하는 것인지 알아내는 일도 중요하다.

화운룡은 고개를 끄떡였다.

"알았소."

주헌결은 화운룡의 손을 덥석 잡으며 기쁜 기색을 감추지 못했다.

"정말 고맙소. 이 은혜는 잊지 않겠소."

딸을 잃은 채 그래도 빼앗긴 나라를 되찾겠다고 발버둥 치는 그가 화운룡은 측은해졌다.

이곳 청안루(淸安樓)는 북경 내에서 규모로나 명성으로나 다섯 손가락 안에 꼽히는 주루 겸 객잔으로서, 해룡상단 소유라서 화운룡 등이 머무는 데 불편함이 없다.

화운룡은 주헌결에게 좋은 객방 하나를 내어주고 자신은 명림 등 측근들과 둘러앉았다.

구림육파가 있는 심택현을 다녀오는 이십여 일 동안 명림과 호아는 선봉, 손설효 등과 많이 친해졌다.

호아까지 네 여자 모두 화운룡의 심심상인을 통해서 미래와 과거를 공유한 덕분에 허물없이 친해지게 되었다.

자정이 넘은 시각, 술을 좋아하는 주군이며 사부를 닮아서 술을 좋아하는 네 여자는 탁자에 둘러앉아 이런저런 얘기를 하면서 주담을 이어갔다.

호아가 화운룡에게 불쑥 물었다.

"사부님, 저하고 봉 언니하고 누가 사저인가요?"

맹랑한 질문이지만 꼭 짚고 넘어가야 할 일이기도 하다.

"봉아가 사저다."

"네, 사부님."

호아는 공손히 대답하고는 옆에 앉은 선봉의 손을 잡고 헤헤 웃으며 얘기를 나누었다. 호아가 선봉보다 먼저 제자가 되었으니까 사저가 맞지만 그런 무림의 규칙보다는 누가 나이가 많고 또 언니다운지를 가려서 정하는 것이 옳다.

화운룡은 술잔을 만지작거리다가 입을 열었다.

"할 얘기가 있다."

네 여자가 대화를 멈추고 화운룡을 쳐다보며 자못 긴장하는 표정을 지었다. 이제부터 화운룡이 무슨 말을 하려는 것인지 어느 정도 짐작하기 때문이다.

"이곳 일이 끝나는 대로 나 혼자 먼 길을 떠날 것이다."

네 여자의 표정이 똑같이 변했으며 하나같이 심장이 철렁 내려앉는 표정이다.

화운룡이 옥봉을 구하러 먼 길을 떠나는 것은 아는데, 혼자 떠난다는 말에 충격을 받았다.

"수만 리 먼 길이고 위험한 일이다. 나는 너희들을 잃기 싫으니 혼자 간다는 것이다. 그러니까 아무 말도 하지 마라."

더구나 아무 말도 하지 말라니까 네 여자는 입을 꼭 다물고 입술을 깨물면서 고개를 숙였다.

그러고는 누가 먼저랄 것도 없이 소리 없이 눈물을 흘리기 시작했다.

그때 문이 열리고 막화가 들어섰다.

"다녀왔습니다."

막화는 예상보다 훨씬 일찍 돌아왔다. 그는 조금 상기된 표정으로 보고했다.

"가까운 곳에서 구림육파와 화북대련 사람들이 서로 만나고 있는 중이었습니다."

"그래?"

"개방 제자에게 말했더니 지금 즉시 주군을 모시고 오라는 겁니다."

화운룡은 고개를 끄떡이고 일어섰다.

"잘됐다. 앞장서라."

『와룡봉추』 16권에 계속…